SEPT LEÇONS DE VIE
Survivre aux crises

Écrivain, docteur en économie, professeur, conseiller de François Mitterrand pendant près de vingt ans et actuellement président de PlaNet Finance, Jacques Attali est l'auteur de plus de quarante-cinq livres, traduits en vingt langues.

JACQUES ATTALI

Sept leçons de vie

Survivre aux crises

FAYARD

© Librairie Arthème Fayard, 2009.
ISBN : 978-2-253-15671-0 – 1re publication LGF

Pour survivre, chacun doit s'ingénier
à chercher des fissures dans l'infortune
pour parvenir à s'évader quelque peu.

Lao She,
Quatre générations
sous un même toit.

SOMMAIRE

Chapitre 1
S'INSCRIRE DANS LE MOUVEMENT

Chapitre 2
ANTICIPER :
APRÈS LA CRISE, LES CRISES

Chapitre 3
LES STRATÉGIES DE SURVIE

11

Chapitre 4
POUR SURVIVRE – LES GENS

Chapitre 5
POUR SURVIVRE – LES ENTREPRISES

Chapitre 6
POUR SURVIVRE – LES NATIONS

Chapitre 7
SURVIVRE ENSEMBLE – L'HUMANITÉ

Avant-propos

Nous traversons tous des crises de toute nature. Personnele ou collective. Physique ou psychologique. Matérielle ou subjective. Économique ou sentimentale. La crise économique actuelle n'est qu'une des manifestations de ces innombrables défis que rencontre l'humanité.

Face à ces crises, certains ne résistent pas : ils lâchent la rampe et se laissent aller, parfois jusqu'au suicide. D'autres pensent que le destin s'impose à eux. D'autres attendent d'un au-delà ou d'une réincarnation la fin de leurs souffrances. D'autres encore décident de réagir : pour survivre ; pour porter plus loin leur destin ; pour être utiles à d'autres. Car ils savent qu'il ne sert à rien de tout attendre des autres. Même s'il faut soi-même se tenir prêt à tout faire pour les autres.

Chaque culture, passée ou présente, se définit par la façon dont elle affronte ces écueils. Avec fatalisme, résignation, jubilation ou révolte. Chacune a mis au point des recettes pour passer à travers les orages. Pour en avoir affronté moi-même, j'ai trouvé utile de rassembler ici le meilleur de ces leçons de survie. De ces leçons de vie.

Elles sont au nombre de sept : vouloir survivre, se donner un projet à long terme, se mettre à la place des autres, se doter de redondances, transformer les menaces en opportunités, se préparer à devenir tout autre ; et enfin, en cas extrême, se rebeller contre toutes les règles.

Ces leçons sont très difficiles à mettre en œuvre. Elles sont si puissantes qu'elles s'appliquent à toutes les crises. Et si, ici, j'ai choisi de les illustrer surtout dans l'univers matériel de l'économie, c'est parce que chacun d'entre nous, dans sa vie privée, dans l'entreprise ou la nation, y trouvera les principes de comportements nécessaires pour vivre vraiment, librement, dignement.

Introduction

La crise actuelle, comme toutes les autres avant elle, de toute nature, se terminera un jour, laissant derrière elle d'innombrables victimes et quelques rares vainqueurs. Pourtant, il serait possible à chacun de nous d'en sortir dès maintenant en bien meilleur état que nous n'y sommes entrés. À condition d'en comprendre la logique et le cours, de se servir de connaissances nouvelles accumulées en maints domaines, de ne compter que sur soi, de se prendre au sérieux, de devenir un acteur de son propre destin et d'adopter d'audacieuses stratégies de survie personnelle.

Mon propos n'est donc pas ici d'exposer un programme politique pour résoudre cette crise et toutes celles qui viendront, ni de vagues généralités moralisantes, mais de suggérer des stratégies précises et concrètes permettant à chacun de « chercher des fissures dans l'infortune », de se faufiler entre les écueils à venir, sans s'en remettre à d'autres, pour survivre, pour sur-vivre.

Et d'abord pour survivre à la crise actuelle.

Car, contrairement à ce que voudraient faire croire les cris de triomphe de quelques politiciens et d'une poignée de banquiers, la crise financière survenue en 2008 – qui ne faisait alors que révéler une crise économique bien plus ancienne – est loin d'être terminée. Aux États-Unis comme ailleurs, même si les bourses sont pour certaines en hausse, bien des banques sont toujours insolvables ; les produits spéculatifs les plus risqués continuent de s'accumuler ; les déficits publics continuent de grandir ; le niveau de la production et la valeur des patrimoines restent encore très largement inférieurs à ce qu'ils étaient avant la crise ; les défauts des entreprises s'aggravent ; le chômage s'amplifie ; bien des ménages ne pourront faire face à leurs échéances ; enfin, malgré tous les discours et les promesses, aucune régulation du système financier, aucun des changements structurels rendus nécessaires par la crise ne sont encore en place.

L'incapacité de l'Occident à maintenir son niveau de vie sans s'endetter, qui est la cause la plus profonde de cette crise, est loin d'avoir été résorbée. Et la stratégie mise en place jusqu'ici par les gouvernements pour la résoudre se résume à faire financer par les contribuables d'après-demain les erreurs des banquiers d'hier et les bonus des banquiers d'aujourd'hui. En outre, bien d'autres bouleversements – technologiques, économiques, politiques, sanitaires, écologiques, culturels, personnels – vont venir s'ajouter à celui-là ; ils rendront moins déchiffrable et plus précaire encore le monde dans lequel chacun de nous va devoir chercher à vivre, à survivre, à sur-vivre. Crises et séismes apporteront aux gens, aux entreprises et aux nations maints déboires et agressions.

Il nous faudra même reconnaître cette réalité vertigineuse : nos systèmes sociopolitiques ne font rien, absolument rien de sérieux pour écarter les menaces qui pèsent sur la survie des individus, des entreprises, des nations, de l'humanité même. Pis encore : quoi qu'ils en disent pour se légitimer, ils n'ont aucune raison de le faire, puisqu'ils se nourrissent de la vitalité de ceux qui y vivent : le marché n'a aucun intérêt à ce que les gens meurent trop vieux, à ce que les entreprises durent, à ce que les nations persistent. Au contraire, il a intérêt à leur effacement pour pouvoir allouer plus efficacement, selon ses intérêts, les ressources rares.

Certains n'en continueront pas moins de croire que ce que nous vivons aujourd'hui n'est que le point bas d'un cycle économique comme les autres, et qu'il suffit d'attendre deux ou trois ans pour que tout rentre dans l'ordre financièrement, économiquement, socialement ; ceux-là continueront de mener leurs affaires comme avant ; et ils iront droit dans le mur. D'autres, mieux informés des causes profondes des troubles actuels et à venir, y trouveront des occasions de bâtir des fortunes nouvelles sur la faillite des autres, en achetant à bas prix des biens qui recouvreront, un jour, une très grande valeur.

D'autres, enfin, instruits par ces leçons, se souviendront que certains de nos ancêtres avaient compris qu'ils ne pourraient traverser les labyrinthes de la condition humaine et échapper à leurs chausse-trappes qu'en prenant leur destin en main et en faisant usage de stratégies hautement sophistiquées. Ils se souviendront que toutes les cosmogonies font de ces rares hommes libres, ultimes témoins des errements de générations antérieures, les avant-gardes d'une sagesse nouvelle.

Face aux dangers de la prochaine décennie – qui est l'horizon de ce livre –, ceux qui voudront survivre devront, comme ces avant-gardes du passé, admettre qu'ils ne doivent plus rien attendre de personne ; et que toute menace est aussi pour chacun une opportunité, le forçant à repenser sa place dans le monde, à accélérer des changements dans sa propre vie, à mettre en œuvre une éthique, des morales, des comportements, des métiers, des alliances radicalement nouveaux. Ceux-là sauront que leur survie n'implique pas nécessairement d'attendre telle ou telle réforme générale, telle grâce ou tel sauveur ; qu'elle n'exige pas la destruction des autres, mais surtout la construction de soi et la recherche vigilante d'alliés ; qu'elle ne réside pas dans un optimiste illimité, mais dans une extrême lucidité à l'égard de soi-même, un désir farouche de trouver sa propre raison d'être ; qu'elle n'est pas à bâtir que dans l'instant, mais aussi sur le long terme ; qu'elle ne se borne pas à la conservation des acquis, mais peut viser le dépassement des ordres en place ; qu'elle ne se limite pas à préserver l'unité de soi, mais exige d'envisager toute la diversité des possibles.

Il leur faudra, pour y parvenir, entreprendre un long apprentissage de la maîtrise de soi auquel rien, pour l'instant, ne les prépare. Il leur faudra en particulier reconnaître l'importance, dans certaines limites très étroites, de caractéristiques rarement identifiées et reconnues comme des qualités : la *paranoïa*, qui aide à détecter ses ennemis de l'extérieur ; l'*hypocondrie*, qui conduit à évaluer les dangers de l'intérieur ; la *mégalomanie*, qui incite à se fixer des objectifs. Il leur faudra enfin utiliser les derniers résultats de l'anthropologie, de l'histoire, de la biologie, de la psychologie et des neurosciences pour découvrir les prochaines sources de croissance et d'emploi, les formations nécessaires et les futures formes du bonheur et de la sérénité.

Les sept principes qui surgiront de cet apprentissage seront applicables à toute époque, toute menace, toute crise, qu'il s'agisse d'une crise économique comme celle d'aujourd'hui, d'une famine, d'une guerre, de l'avènement d'une dictature, d'un tsunami, d'une avalanche, voire d'une tragédie personnelle, d'une crise sentimentale ou même d'un accident cardiaque. À condition de les appliquer chaque fois selon des approches et à l'aide de méthodes spécifiques, et, à l'évidence, avec des alliés et des conseils différents selon la nature des menaces.

Cette stratégie de survie, issue d'une longue réflexion sur celles expérimentées jusqu'ici, permettra de survivre en particulier aux risques de chômage, de faillite, de déclin.

Elle s'organise, à mon sens, autour de sept principes à mettre en œuvre dans l'ordre suggéré ci-après, et dont l'utilisation, face à chacune de ces menaces, sera détaillée – pour les individus, les entreprises, les nations, l'humanité – dans la seconde moitié de ce livre. Il va sans dire que leur mise en œuvre exige des efforts considérables et que j'ai, comme tout le monde, le plus grand mal à les mettre en pratique. Je vous invite à y réfléchir pour vous-même, dès cette intro-duction, en les découvrant :

1. RESPECT DE SOI-MÊME : d'abord vouloir vivre, et pas seulement survivre. Pour cela, prendre pleine-ment conscience de soi, attacher de l'importance à son propre sort, n'avoir ni honte de soi ni haine de soi. Se respecter et donc rechercher sa raison de vivre, s'imposer un désir d'excellence dans son corps, sa tenue, son apparence, la réalisation de ses aspirations. À cette fin, ne rien attendre de personne ; ne comp-ter que sur soi pour se définir ; ne pas paniquer devant une crise, quelle qu'en soit la nature ; accepter la vérité même si elle n'est pas agréable à admettre ; vouloir être un acteur, ni optimiste ni pessimiste, de son avenir.

2. INTENSITÉ : se projeter sur le long terme ; se for-mer une vision de soi, pour soi, à vingt ans, à réinven-ter sans cesse ; savoir arbitrer en faveur d'un sacrifice immédiat s'il peut se révéler bénéfique à longue échéance ; également, ne jamais oublier que le temps est la seule rareté, qu'on ne vit qu'une fois, et qu'il faut vivre chaque instant comme s'il était le dernier.

3. EMPATHIE : dans chaque crise et face à chaque menace, à chaque bouleversement, se mettre à la place des autres, adversaires ou alliés potentiels ; com-prendre leurs cultures, leurs modes de raisonnement, leurs raisons d'être ; anticiper leurs comportements pour identifier toutes les menaces possibles et distin-guer entre amis et ennemis potentiels ; être aimable avec les autres, les accueillir pour nouer avec eux des alliances durables, pratiquer un altruisme intéressé et, à cette fin, faire montre d'une grande humilité et

d'une totale disponibilité d'esprit ; être en particulier capable d'admettre qu'un ennemi peut avoir raison sans pour autant en éprouver de la honte ou de la colère.

4. RÉSILIENCE : une fois identifiées les menaces, différentes selon chaque sorte de crise, se préparer à résister – mentalement, moralement, physiquement, matériellement, financièrement – si l'une d'entre elles vient à se concrétiser. Penser, pour ce faire, à constituer assez de défenses, de réserves, de plans de rechange, de redondance et d'assurance, là encore spécifiques à chaque crise.

5. CRÉATIVITÉ : si les attaques persistent et deviennent structurelles, si la crise s'installe ou s'inscrit dans une tendance irréversible, apprendre à les transformer en opportunités ; faire d'un manque une source de progrès ; retourner à son profit la force de l'adversaire. Cela exige une pensée positive, un refus de la résignation, un courage, une créativité pratique. Ces qualités se forgent et s'exercent au même titre que des muscles.

6. UBIQUITÉ : si les attaques continuent, de plus en plus déstabilisantes, et si aucun usage positif n'en est possible, se préparer à changer radicalement, à faire sien le meilleur de ceux qui savent résister, à remodeler sa représentation de soi pour passer dans le camp des vainqueurs sans pour autant perdre le respect de soi-même. À être mobile dans son identité et, pour cela, se tenir prêt à être double, dans l'ambiguïté et dans l'ubiquité.

7. PENSÉE RÉVOLUTIONNAIRE : enfin, se tenir prêt, dans une conjoncture extrême, en situation de légitime

défense, à tout oser, à se transgresser soi-même, à agir contre le monde par la négation des règles du jeu, tout en persistant dans le respect de soi. Ce dernier principe renvoie donc au premier et ces sept principes forment ainsi un ensemble cohérent – un cercle.

Celui qui les mettra en œuvre, dans quelque crise que ce soit, et qui en vérifiera sans cesse l'application, aura plus de chances que les autres de survivre.

Qu'il soit misérable ou qu'il s'estime puissant, nul ne pourra vivre, sur-vivre sans le vouloir, sans opérer sa propre révolution, et, réciproquement, nul ne pourra faire la révolution sans survivre ; comme disait le mahatma Gandhi : « Soyez vous-même le changement que vous voulez voir dans le monde. »

CHAPITRE 1

S'inscrire dans le mouvement

L'avenir dans lequel chacun de nous aura à s'inscrire, à trouver sa place et à se mouvoir, les menaces qui pèseront sur chacun, au moins pour la prochaine décennie qui constitue l'horizon de ce livre, résulteront du choc entre l'ensemble des joies et peines de notre existence privée, la poursuite d'immenses mutations (idéologiques, politiques, démographiques, technologiques) engagées depuis longtemps et les crises qui en découleront.

Pour survivre dans le monde qui vient, la première des priorités consiste à tenter d'en identifier les tendances, d'y repérer les obstacles et de les contourner. Ce n'est pas impossible : même si la vitesse d'évolution des phénomènes et leurs interactions restent imprévisibles, les systèmes les plus complexes obéissent à des lois qui permettent au moins de dégager des probabilités d'occurrence des événements.

Par exemple, l'invention de l'avion, du téléphone, de l'ordinateur, ou encore l'effondrement de l'URSS, étaient attendus et avaient été prévus, même s'ils sont advenus à des dates non programmées et de façon imprévisible.

Ainsi, on assistera à l'accélération du basculement séculaire du centre de gravité de la population et de l'économie mondiales vers l'Afrique et la partie asiatique du Pacifique ; on verra apparaître et s'imposer de nouvelles technologies révolutionnaires ; les conditions du travail et de la consommation continueront à se modifier ; le désir de liberté individuelle progressera en tous lieux et en tous domaines, et entraînera des conséquences idéologiques et pratiques majeures : plus d'aisance pour les puissants, plus de précarité, de vulnérabilité, de déloyauté pour les faibles.

Pour survivre, chacun devra bien comprendre ces tendances de fond, en dresser un inventaire aussi exhaustif que possible, et se préparer à leurs multiples impacts.

A. Grandes tendances pour le monde

• *L'explosion démographique*

L'évolution la plus certaine – et sans doute la plus bouleversante – de la prochaine décennie est l'augmentation prévisible de la population mondiale : elle passera de 7 à 8 milliards d'individus, soit autant que l'augmentation de la population de la planète entre le début de notre ère et la Seconde Guerre mondiale. L'essentiel de ce surcroît naîtra en Afrique ; la population de l'Inde dépassera celle de la Chine ; celle de l'Europe stagnera ; celle des États-Unis continuera d'augmenter, atteignant près de 330 millions, contre 300 aujourd'hui, grâce, pour les deux tiers, à l'immigration qui y réduira aussi la moyenne d'âge de la population.

Par ailleurs, plus d'un milliard de ruraux migreront vers les villes où vivront dès lors près des deux tiers des humains, cependant que doublera le nombre de gens partant vivre dans un pays autre que celui où ils sont nés, leurs effectifs passant de 200 à 400 millions. D'énormes besoins nouveaux d'infrastructures, d'eau, de nourriture, en découleront. Des menaces en grand nombre aussi, qu'il faudra affronter. L'essentiel des migrants vers les États-Unis seront d'origine mexicaine, chinoise, philippine, indienne et vietnamienne. En 2020, près d'un Nord-Américain sur trois sera d'origine latino-américaine.

L'allongement de l'espérance de vie et la réduction du nombre d'enfants par femme entraîneront une augmentation de l'âge moyen de l'humanité – aujourd'hui 28 ans –, en même temps qu'avec les migrations rurales se distendront les systèmes de solidarité familiale. Pour la première fois dans l'histoire de l'humanité, le nombre des plus de 65 ans va excéder celui des moins de 5 ans. En 2020, en Chine par exemple, les plus de 60 ans seront plus de 300 millions ; près d'un quart des Chinois auront ainsi dépassé l'âge de la retraite alors qu'aucun régime de retraite généralisé n'existera dans ce pays, notamment dans les campagnes. D'ici 2040, la population mondiale va augmenter de 30 %, le nombre des plus de 65 ans de 160 % et celui des plus de 80 ans de 250 %.

Ceux-là exprimeront des besoins nouveaux et susciteront de nouveaux dangers.

D'ici à 2020, notamment en raison de la poursuite de la croissance économique dans les pays d'Asie, la classe moyenne mondiale augmentera de plus d'un milliard d'individus, et représentera près de la moitié de la population de la planète, contre le tiers aujourd'hui ; 600 millions d'entre eux vivront en Chine, et autant en Inde. Les membres de ces nouvelles classes moyennes aspireront au même type de vie qu'en Occident : de la liberté, des soins, de l'éducation, des logements décents, des voyages, des automobiles (qu'ils achèteront quand leur revenu annuel atteindra l'équivalent de 5 000 dollars actuels, ce qui pourrait conduire, en 2020, à une augmentation du quart du nombre des véhicules en circulation, sauf si une dépression économique planétaire la retardait). Ces gens-là voyageront, et le nombre annuel de touristes séjournant à l'étranger passera de 900 millions à 1,2 milliard.

• *Les progrès techniques : les NBIC*

Les progrès scientifiques et technologiques des dix prochaines années obéiront pour l'essentiel à des agendas de travail assez largement prévisibles.

Comme depuis des millénaires, ces progrès viseront d'abord à permettre aux hommes d'accomplir la même tâche avec moins d'efforts ; ils amélioreront l'efficacité de l'usage de l'énergie et des moyens de transmission des données. Comme ce fut le cas par le passé, ces innovations ne seront mises en œuvre que quand elles permettront de contourner un obstacle ou de desserrer un frein à la croissance de la productivité. Par exemple, l'essoufflement des technologies de la machine à vapeur déclencha en 1873 une crise qui entraîna l'émergence de l'industrie liée au pétrole ainsi que celle de la banque moderne qui la finance, et aboutit à l'hégémonie des États-Unis. De même, la crise de 1929 s'accompagna d'une vague de progrès techniques tournant autour de l'usage de l'électricité (l'ascenseur, donc le gratte-ciel ; la radio, la télévision ; les biens d'équipement ménagers). Enfin, dans les années 1970, l'augmentation du coût du travail des « cols blancs » dans les grandes entreprises américaines et japonaises conduisit à l'apparition du microprocesseur et à la généralisation de l'informatique.

Durant la prochaine décennie, la crise économique, la pression sur les prix liée à la mondialisation et l'essor démographique entraîneront l'émergence d'une nouvelle vague de progrès techniques. Ceux-ci formeront un ensemble apparemment disparate, en réalité extrêmement cohérent, à propos duquel on peut retenir l'acronyme anglais NBIC (*Nanotechnologies, Biotechnologies, Information Technologies, Cognitive Sciences*), dont la crise actuelle accélère l'accouchement.

Les *nanotechnologies* ouvriront de nouvelles perspectives à la miniaturisation des microprocesseurs, avec des applications infinies en logistique, en économie de l'énergie, en médecine ; dotés de propriétés physiques exceptionnelles, les nanotubes de carbone, qui en seront la première application, seront en particulier utilisables pour le stockage de l'hydrogène et transformeront entre autres l'industrie textile, la pharmacie, la construction.

Les *biotechnologies* bouleverseront les enjeux en matière d'élevage, d'agriculture et de santé. On saura bientôt produire des médicaments adaptés à des défauts génétiques, ou étudier génétiquement l'impact de combinaisons de médicaments déjà connus. On saura aussi produire du plastique ou des tissus particuliers à partir de plantes. Il deviendra ensuite possible de reprogrammer des tissus, d'utiliser des bactéries pour fabriquer des produits chimiques, des médicaments, des textiles, ou pour stocker des données. De façon plus générale, on saura mieux tenir compte de la complexité biologique pour trouver des solutions sophistiquées mais plus réalistes comme la « pléothérapie » qui combine des remèdes connus pour des indications nouvelles. La réduction majeure du coût du décodage du génome permettra de prononcer des diagnostics infiniment plus précis, de créer des cellules et des organes artificiels à partir de cellules souches, voire de cellules spécialisées revenues à l'état de cellules souches.

Les *technologies de l'information* n'ont pas fini de transformer les processus industriels et ceux des services. L'internet des objets bouleversera le mode de communication entre les choses et les gens. Le 3D, le *cloud computing*, le *parallel processing* bouleverseront les processus industriels en permettant de comprimer massivement les données, d'accélérer les processus de calcul et d'augmenter la taille des réseaux pour satisfaire les besoins africains et asiatiques. Le Web sémantique, qui permettra d'interroger des moteurs de recherche en langage ordinaire, bouleversera l'ensemble des métiers d'enseignement, de médecine et de conseil. Un autre standard succédera dans la téléphonie à l'UMTS européen, au CDMA américain, au TD-SCDMA chinois. Le téléphone mobile deviendra le médium majeur. Ces technologies permettront aussi de mettre en place, sous le nom de « traçabilité », les premières bases de l'hypersurveillance des objets et des gens. De nouveaux robots, pour l'essentiel japonais, coréens, allemands et américains, seront présents partout dans la production, la vie quotidienne et le jeu ; ils pourront transporter de lourdes charges sur des terrains difficiles, aider aux tâches les plus sophistiquées de chirurgie, assister les gens dans les corvées domestiques ; ils seront la clé de la compétition industrielle.

Les *sciences cognitives* et les *neurosciences* bouleverseront l'analyse des comportements, la médecine du cerveau, les processus d'apprentissage, à un moment où le savoir et la santé occuperont, on l'a vu, une part croissante des dépenses, où le vieillissement obligera à consacrer beaucoup plus d'attention et d'efforts aux maladies de la dégénérescence cérébrale, et où l'accumulation de plus en plus rapide des connaissances exigera une modification radicale des processus d'apprentissage. À plus long terme, ces sciences nouvelles transformeront ce qu'on sait de la conscience de soi, de l'estime de soi, de la conception qu'on peut se faire de la liberté et du bonheur.

Chacune de ces innovations ne pourra se développer que grâce aux autres : pas de génétique sans technologies de l'information ; pas de biotechnologies sans nanotechnologies ; pas de traçabilité sans nanotechnologies, biotechnologies et technologies de l'information ; pas de robotique sans biotechnologies et nanotechnologies qui permettront de construire des robots de la taille d'une mouche, contrôlables par le cerveau ; pas de neurosciences sans toutes les autres. Cette interaction permettra des progrès exponentiels. En outre, des technologies inattendues apparaîtront par simple combinaison de technologies existantes, comme ce fut le cas dans l'exemple de la *Wii*, improbable combinaison de deux technologies bien connues et très simples.

Chacune de ces technologies créera aussi de nouvelles menaces et posera des problèmes éthiques nouveaux en raison de la possibilité de les utiliser à des fins militaires, voire criminelles, et du fait des incertitudes planant sur leurs répercussions sur la nature humaine et la démocratie. Exemples : les nanotubes de carbone pourraient avoir un effet destructeur sur les cellules humaines ; les organismes génétiquement modifiés pourraient avoir un impact irréversible sur la structure de l'ADN ; la croissance exponentielle des bases de données entraînera d'énormes dépenses d'énergie ; les instruments de traçabilité pourraient devenir des instruments de contrôle politique destructeurs de la démocratie, etc. On se demandera aussi ce qu'il restera de la liberté individuelle quand on pourra déchiffrer les processus chimiques conduisant l'écheveau des neurones et des synapses à prendre telle ou telle décision...

De telles préoccupations ralentiront le développement de ces techniques aussi longtemps que les menaces qu'elles risquent de représenter ne seront pas écartées. Elles pourraient aussi, au contraire, les accélérer en raison de leurs possibles finalités militaires.

• *L'amélioration de l'efficacité dans l'usage de l'énergie et des matières premières*

Le mot d'ordre d'économie de l'énergie, lancé depuis trente ans, va voir son application s'accélérer. La quantité de pétrole utilisée par chaque voiture ou par chaque machine produite a déjà beaucoup diminué. Par ailleurs, le recyclage des déchets permettra d'économiser massivement les matières premières. La quantité d'énergie par unité produite baissera ainsi régulièrement dans les pays développés. Par exemple, si, entre 1980 et 2000, le nombre de boissons vendues en canettes a augmenté de 60 %, la consommation de matériaux vierges nécessaires à leur fabrication a diminué de 40 %, et les émissions de CO_2 associées ont été réduites de 50 %. Quand de tels progrès se généraliseront à l'Afrique et à l'Asie, ils entraîneront partout une baisse de la consommation d'énergie par unité produite ou consommée, pour tous les usages domestiques et industriels.

Bien d'autres transformations réduiront la consommation des autres matières premières, au rythme de la prise de conscience de leur rareté. Toutes les NBIC y participeront. Elles permettront en particulier de mettre au point des matériaux composites de substitution aux matières premières devenues rares, tel le *graphère* qui pourrait remplacer le silicium dans les ordinateurs, l'acier dans les avions, et même être utilisé pour stocker l'hydrogène.

• *Une accélération de la croissance*
des secteurs et des métiers d'avenir

Ces mutations démographiques et technologiques bouleverseront les pratiques, en particulier en mettant l'accent sur les secteurs industriels et de services qui deviendront absolument stratégiques en raison des crises et des mutations dont il a été question jusqu'ici : l'énergie, l'eau, les infrastructures, les réseaux, les logiciels, les services et la sécurité informatiques, la gestion du risque, l'élevage, la pisciculture, l'agriculture, l'écologie, les énergies renouvelables, le génie climatique, les déchets, la grande distribution, les services financiers publics, le reclassement de salariés, les administrations locales, la logistique, les cabinets de conseil, la santé, le matériel médical, le biomédical, les services à la personne, la dépendance des personnes âgées, les entreprises de nanotechnologies, de neurosciences, de biotechnologies...

Par ailleurs, devant la montée générale de la vulnérabilité des plus faibles, une forte demande s'adressera aux entreprises fournissant de la protection contre le risque : armée, police, assurance (y compris l'assurance des produits financiers), traçabilité, surveillance. Et ceux qui ne peuvent se contenter d'une protection rationnelle voudront être distraits pour ne pas penser à ces menaces. Les productions de la culture et de la distraction (cinéma, musique, livres, musées, tourisme, jeux vidéo), mais aussi l'alcool et la drogue seront très recherchés.

Les entreprises seront menacées par la croissance du pouvoir des consommateurs, la déloyauté des sous-traitants, la montée de la gratuité.

Dans tous ces secteurs, de nouveaux métiers apparaîtront sans cesse, et il faut dès maintenant s'y préparer. Dès 2010, certains métiers parmi les plus recherchés seront des activités n'existant pas encore en 2004 : emplois verts, éco-artisans, employés publics formés à lutter contre le gaspillage énergétique et les pollutions, métiers liés aux angoisses face à la liberté de choix (emplois de « consolateurs », de « prescripteurs »).

La pression à la baisse des prix liée à la mondialisation et au progrès technique accélérera ces mutations et conduiront à une très grande tension exercée sur les salariés, de plus en plus précaires.

La tendance restera à la réduction de la durée hebdomadaire et annuelle du travail, à l'étirement du travail tout au long de la vie. Le travail salarié sera de moins en moins bien accepté, sauf s'il s'accompagne d'une garantie à vie de l'emploi. Du fait de la pression exercée sur les prix et de l'instabilité des entreprises, la précarité se fera de plus en plus menaçante et répandue. Du fait de l'envahissement des technologies nomades, il sera de plus en plus difficile de distinguer entre temps de travail, de consommation, de formation et de loisir. Les gens changeront de plus en plus souvent de métier : on prévoit qu'un étudiant d'aujourd'hui aura exercé entre dix et quatorze fonctions ou emplois différents quand il aura atteint l'âge de 40 ans. Les conséquences sur le stress au travail prendront des proportions sans précédent.

La féminisation du travail s'accélérera et les femmes prendront de plus en plus de responsabilités sans pour autant être mieux payées. Aux États-Unis, elles ont désormais 1,5 fois plus de chances que les hommes d'obtenir un diplôme d'enseignement supérieur, et dépendent moins de la finance et de l'immobilier pour trouver des emplois.

• *Le basculement géopolitique*

La vitalité démographique et culturelle de l'Asie et de l'Afrique, l'évolution des sources d'épargne, l'émergence des nouvelles technologies, l'endettement occidental, l'ensemble des autres crises à venir dont il a été question au chapitre précédent entraîneront l'accélération d'une mutation géopolitique majeure, déjà engagée, se traduisant par un déclin au moins relatif des États-Unis : une grande partie de la population américaine vit déjà, en 2009, moins bien qu'en 1989. Et la crise actuelle, on l'a vu, est une manifestation de cet épuisement tendanciel des États-Unis.

Dès 2010, les pays hors OCDE, les plus jeunes et dynamiques, consommeront plus d'énergie fossile que les pays les plus développés. Depuis longtemps, l'épargne annuelle de l'Asie dépasse celle des États-Unis. Dès 2012, le patrimoine financier de celle-là dépassera celui de ces derniers. Dès 2013, au taux de change actuel, le PIB chinois excédera de moitié celui des États-Unis, alors qu'il n'en représentait que le cinquième en 2006.

Dans les dix prochaines années, les États-Unis pourraient perdre leur suprématie économique s'ils ne se montraient pas capables de redevenir une nation industrielle, de restaurer leur système financier et d'équilibrer leur balance des paiements. Si ce processus se confirmait, si la crise actuelle prenait le chemin du pire décrit au chapitre précédent, la superpuissance risquerait de finir par dépendre politiquement de ses créanciers. Pourtant, comme tous les autres pays du monde n'ont pas intérêt au chaos, et que beaucoup ont intérêt à ce que l'armée américaine reste toute puissante, il est probable que ces créanciers aideront, au moins pour un temps, les États-Unis à maintenir leur suprématie, fût-ce à crédit.

Pour sa part, l'Europe semble en situation démographique et économique de stagner dans la décennie à venir, à moins d'un sursaut politique – peu vraisemblable – conduisant à la mise en place d'un véritable gouvernement de l'Union en charge d'un projet de relance massif des infrastructures, de la recherche et de l'enseignement supérieur, et d'attraction des talents.

L'Inde, la Chine, le Pakistan, le Vietnam, les Philippines, l'Indonésie seront de grandes puissances en devenir. L'Inde dépassera la Chine en termes de population. L'une et l'autre seront engluées dans d'énormes problèmes de pollution, de gouvernance, d'inégalités, de corruption et de bureaucratie.

L'émergence de l'Afrique s'accélérera grâce à des changements majeurs dans la gouvernance, la démographie et les technologies du continent. La corruption s'y réduira, la gestion s'améliorera, la démocratie progressera, des marchés financiers s'ouvriront dans ceux des pays qui n'en disposent pas encore (il en existe déjà dans seize pays africains, qui traitent les actions de quelque 500 sociétés), les investissements étrangers augmenteront. Le PIB de ce continent, passé de 130 milliards en 1980 à 300 milliards en 2009, avec un taux de croissance annuel moyen de 7 % depuis dix ans, devrait continuer à croître dans la prochaine décennie à un taux de 3 points, supérieur à celui de la croissance mondiale. L'Afrique n'en restera pas moins encore un lieu de grandes inégalités avec, dans nombre de pays, des risques d'éclatement.

Seul le Moyen-Orient (coincé entre d'une part un Occident politiquement surpuissant mais économiquement déclinant, d'autre part une Afrique et une Asie politiquement fragiles mais en forte expansion) restera vraisemblablement à l'écart de l'évolution vers plus de transparence et de bien-être. En particulier, le monde arabe cumulera toutes les inégalités et connaîtra encore un haut niveau de pauvreté, malgré de considérables richesses naturelles, parmi les plus importantes au monde. Sa population atteindra 400 millions de personnes, dont 60 % en zones urbaines, avec une moyenne d'âge de 22 ans, inférieure à la moyenne mondiale de 28 ans, sur un territoire à plus des deux tiers désertique.

• *Un nouveau Moyen Âge*

S'accélérera ainsi l'évolution, déjà engagée et accélérée par la crise, vers un monde polycentrique et morcelé ressemblant beaucoup, toutes proportions gardées, à celui de la fin du Moyen Âge : comme au XIVe siècle, des villes et des corporations jouiront de plus de pouvoirs que certaines nations ; 40 villes-régions produisent déjà aujourd'hui les deux tiers de la richesse du monde et sont le lieu de 90 % de ses innovations ; de plus en plus, elles seront dirigées de façon relativement autoritaire, dans le cadre d'une sorte de capitalisme d'État, sans véritable organisation globale.

Cette mondialisation désordonnée verra une prolifération d'épidémies et de catastrophes naturelles d'ordre climatique et écologique. Les zones de non-droit se multiplieront. On verra sévir des autorités criminelles, des seigneurs de la guerre, des pirates et des corsaires, cependant que s'édifieront çà et là bunkers de riches et ashrams hors du temps.

Les rares instruments de gouvernance globale existant aujourd'hui seront menacés, voire balayés ou ignorés. De fait, c'est déjà le cas : aucun nouvel accord international important n'a été signé, dans aucun domaine, depuis ceux créant l'Organisation mondiale du commerce en 1994 et le Traité de non-prolifération nucléaire en 1995. De très nombreuses autres initiatives visant à mettre en place des règles planétaires (sur le climat ou sur la lutte contre la pauvreté) ont échoué ou s'effilochent. Le monde avance bel et bien, d'une certaine façon, vers le chaos.

Seuls, comme au Moyen Âge, subsisteront et se renforceront des formes corporatives de coordination : à l'instar de ce qui existe déjà pour le football, la protection des réseaux informatiques, la sécurité aérienne, les banques et les compagnies d'assurance, on verra se mettre en place de tels mécanismes de contrôle, de régulation, de surveillance et d'arbitrage dans de très nombreux domaines, en particulier technologiques et financiers, et pour les matières premières.

B. L'évolution idéologique

Dans les dix prochaines années, les principales forces économiques, financières et politiques se ligueront pour que rien d'essentiel ne change de par le monde sur le plan idéologique. Malgré les critiques qui pleuvront sur elles, malgré le bien-fondé d'autres revendications, la liberté individuelle deviendra ou restera l'aspiration première de toutes les populations du monde. Les conséquences de cette stabilité ou de cette propagation se révéleront considérables.

• *La liberté individuelle restera*
la valeur dominante

Chacun voudra être de plus en plus libre ici et maintenant, malgré les formidables contradictions que révèlent les crises en cours et les inégalités qu'elles génèrent, malgré aussi le retour du religieux et les demandes d'ordre et de sécurité.

Cette liberté ne pourra exister, comme toujours, que dans les limites de ce que chacun peut concrètement espérer pouvoir décider. Dans le contexte économique, politique, historique et social dans lequel chacun vit, cette valeur formidablement positive n'est pas, en effet, sans contreparties : elle implique la réussite individuelle comme principal projet de vie ; elle assimile esprit d'initiative et avidité, bonheur et richesse matérielle ; elle légitime la transparence, le caprice, la déloyauté ; elle rend tout précaire (du travail aux relations personnelles), et chacun vulnérable ; elle conduit en particulier à l'instabilité de la famille par la multiplication des partenaires, ces nouvelles menaces pour la survie venant s'ajouter à toutes les autres.

La traduction économique de cette idéologie de la liberté sera la poursuite de l'envahissement de l'économie par le marché. Quasi universellement accepté, aujourd'hui, comme mécanisme de répartition des biens rares privés, parce qu'il se révèle plus efficace que le plan, le marché fixera aussi de plus en plus les prix dans des secteurs essentiellement publics comme la sécurité ou l'éducation. Elle pèsera de plus en plus sur le niveau des prix et sur le maintien des services publics. Elle exacerbera la déloyauté et l'égoïsme des acteurs et des partenaires de l'entreprise.

Sa traduction politique sera l'extension de la démocratie, c'est-à-dire du droit de choisir librement, par le vote, la nature et le financement des services publics (justice, police, défense, éducation, santé). Le nombre des régimes démocratiques, qui a déjà quintuplé depuis 1945, augmentera encore, permettant la mise en place de systèmes juridiques moins arbitraires, un meilleur respect des droits de l'homme, une transparence accrue et une plus grande liberté de circulation des idées, des marchandises, des capitaux et des gens, au moins à l'intérieur des frontières des pays où la gouvernance publique restera crédible.

Démocratie et marché se renforceront mutuellement dans chaque pays, puis se contrediront quand il deviendra évident que le marché est, par nature, mondial alors que la démocratie ne peut être, pour longtemps encore, que nationale ; et que le même marché pousse à la disparition des services publics, principaux moyens d'action des démocraties.

• *L'optimisme et la déloyauté des puissants,*
la vulnérabilité des plus faibles

Dans cet univers idéologique fondé sur la liberté individuelle, l'optimisme continuera d'être de règle : ceux qui seront assez riches ou protégés pour ne pas se croire menacés par la précarité penseront qu'ils parviendront mieux que les autres à échapper aux problèmes qui pourraient les affecter, parce qu'ils seront libres d'agir. Beaucoup voudront croire que la survie n'est pas leur problème, qu'ils ne mourront que bien après les autres, qu'ils n'endureront pas les mêmes peines qu'eux, qu'ils se sortiront mieux que les autres d'un accident, qu'ils réchapperont à un conflit, un acte déloyal, qu'une crise, quelle qu'elle soit, ne pourra les atteindre, qu'il leur suffira d'en attendre la fin.

En conséquence, nombre de nations, d'entreprises, de particuliers parmi les mieux protégés continueront de penser pouvoir traverser les crises sans changer sérieusement leurs comportements, leurs produits, leurs modèles d'organisation sans analyser ce qui peut les menacer. Ils mourront de ne s'être pas préoccupés de leur survie.

Par ailleurs, chacun – employeur, consommateur, employé, partenaire sentimental – se sentira, s'il est en position de force, à même de rompre à sa guise pour son seul plaisir, un contrat et de se montrer déloyal. Cette déloyauté conduira à exacerber l'avidité pour compenser l'insécurité des situations. Le salariat deviendra plus encore qu'aujourd'hui un mercenariat ; l'amour, un combiné d'hédonisme et d'égoïsme.

Dans ces sociétés de plus en plus individualistes, de moins en moins solidaires, de plus en plus déloyales, la situation des plus faibles sera de plus en plus fragile. Pour eux, la liberté et la déloyauté des puissants se traduiront par une précarité croissante des contrats privés/publics, professionnels/privés, par le risque de se voir trahis par un partenaire et de pâtir de sa déloyauté, par une vulnérabilité absolue.

• *La remise en cause de l'idéologie*
de la liberté individuelle et de ses élites

Dans toute société, le pouvoir politique appartient au groupe social capable de comprendre suffisamment l'avenir pour le maîtriser, prétendre protéger les autres groupes sociaux contre les risques et façonner une idéologie adaptée. Ce furent successivement les prêtres, les seigneurs, les industriels, les financiers.

Aujourd'hui, ces élites, incapables d'anticiper et de protéger, ont failli à leur mission ; elles glorifient même l'incertitude et en tirent profit, théorisant ainsi leur propre illégitimité. Vivant la liberté comme un luxe, elles en jouissent au maximum et, face aux évolutions dont elles seront les jouets, une fois de plus, comme chaque fois qu'une société se défait, deviendront leurs propres fossoyeurs.

Leurs sujets réaliseront en effet que leur futur est entre les mains de gens qui ne pensent qu'à jouir de leur présent et qui se vantent de ne rien pouvoir dire de l'avenir. Ils comprendront en particulier que la nation n'est qu'un jouet dans la globalisation des marchés, que l'entreprise est passée au service exclusif du capital, lui-même manipulé par la finance ; et que les dirigeants des entreprises ont désormais des intérêts totalement alignés sur ceux des détenteurs du capital, et ce depuis l'invention en 1975 aux États-Unis des *stock-options*. Ils sauront que le marché ne conduit pas à un équilibre optimal, mais à des inégalités et à des situations de monopole ; que la maximisation des gains privés ne débouche pas sur la satisfaction de l'intérêt général ; que les intermédiaires financiers accroissent l'instabilité du système social en spéculant pour leur propre compte, et non au profit des épargnants qu'ils sont supposés conseiller ; que les libertés dont on leur vante tant les bienfaits sont au seul usage des plus riches, et que la soi-disant liberté individuelle ne leur apporte que vulnérabilité, déloyauté et solitude.

Ils chercheront alors des stratégies de survie dont il va être maintenant question.

CHAPITRE 2

Anticiper :
après la crise, les crises

Un peu comme les tremblements de terre révèlent les inexorables mouvements des plaques tectoniques, les crises sont la trace de mutations profondes, avec des conséquences sur chaque individu, chaque entreprise, chaque nation, et sur l'humanité entière.

Les crises constituent les manifestations superficielles et difficilement prévisibles de mouvements de fond parfaitement identifiés, à l'instar des séismes imprévisibles provoqués par l'inexorable dérive des continents.

Bien des crises nous attendent, accidents de parcours dans une histoire longue, annonciateurs de mutations profondes. Nous parlerons d'abord ici des crises. Au chapitre suivant, des mutations de long terme. Les unes et les autres constituant des promesses et des menaces pour la survie de chacun.

Parmi ces multiples crises, celle de l'économie n'est que la plus visible. Et, contrairement à ce que beaucoup prétendent, elle est encore loin d'être résorbée. Elle peut même, avant de se terminer, et parce qu'elle est traitée en dépit du bon sens, en déclencher plusieurs autres. Elle pourrait aussi être aggravée par d'autres déséquilibres surgissant indépendamment et entrant en résonance avec elle. Mille et une menaces pèsent donc sur le monde comme sur nos vies, dans le même temps que s'annoncent à l'horizon de formidables promesses.

Pour se faufiler parmi ces péripéties, échapper au pire et tirer parti du meilleur, il convient d'abord de comprendre ces crises, d'en analyser chacun des soubresauts, chacune des menaces, d'en prévoir chacune des attaques, et d'en devancer le cours pour l'inscrire dans les grandes tendances probables de l'avenir, dont il a été question au chapitre précédent.

Qu'elles aient été ou soient économiques, politiques, sanitaires ou personnelles, les crises de toutes natures, passées, présentes ou à venir se manifestent d'abord par une brutale rupture résultant d'une accumulation paroxystique de déséquilibres. Comme toutes les crises, elles se terminent soit par le retour à l'équilibre ancien, soit par l'établissement d'un autre équilibre à l'intérieur de la même forme économique, soit par le déclin de celle-ci et l'émergence d'une nouvelle forme s'inscrivant dans les longues évolutions irréversibles dont il sera question au chapitre suivant.

Aussi, aux yeux de certains, il en va des crises comme des tremblements de terre : il est vain de tenter d'en prévoir le cours et de déterminer le moment où elles pourraient se déclencher. Selon eux, dans ce monde hypercomplexe où interagissent de façon si chaotique tant d'acteurs économiques, écologiques, politiques, culturels et sociaux, nous sommes définitivement incapables d'avoir une vision d'ensemble de l'avenir, condamnés aux erreurs et aux déséquilibres, à subir des attaques de toutes sortes, à ne réagir qu'aux événements du moment, à vivre dans l'incertitude et à avancer dans l'inconnu, dans l'expectative, un peu comme un surfeur tente de résister le plus longtemps possible à la force d'une vague dont il ne peut ni prévoir ni contrer le déroulement, tout en redoutant la survenue d'une autre déferlante ou celle de quelque obstacle.

Se résigner de la sorte serait se condamner à la chute dès la première embardée. De fait, les très bons surfeurs, comme on le verra, ont une connaissance approfondie de la houle, de sa vitesse, de sa masse ; ils anticipent son évolution, apprennent à freiner, à accélérer et même à renoncer si un obstacle imprévu vient à se dresser devant eux.

Et, s'il reste impossible d'en préciser l'ampleur, les dates, les interactions, il est possible de déterminer les probabilités selon lesquelles le monde traversera, dans la prochaine décennie, de profondes crises ; certaines dans le prolongement de la crise financière actuelle, d'autres totalement indépendantes d'elle. Des crises qui, toutes, auront des conséquences considérables sur chacun de nous, porteuses à la fois de menaces et d'espoirs.

Aussi, avant même toute réflexion sur les comportements à adopter, avant toute préparation à l'action, faut-il, face à elles, comprendre ce qui peut nous advenir : après la crise, les crises…

I. Après la crise

Commençons d'abord par examiner les menaces encore à venir liées aux futurs soubresauts de la crise financière en cours. Pour évaluer l'ampleur et la nature de ces menaces, il convient d'en passer par une analyse des causes et des manifestations de cette crise.

A. L'état des lieux

Aujourd'hui, il est de bon ton d'affirmer que la crise économique commencée en 2008 est terminée, que les pessimistes ont eu tort et qu'il suffit de laisser se renforcer les premiers bourgeons de la reprise.

L'hypothèse peut sembler crédible : l'économie mondiale dispose d'un formidable potentiel de croissance durable grâce à une épargne considérable, à une croissance démographique persistante et à des progrès techniques tels que l'humanité n'en a jamais connu. Aussi la croissance reviendra-t-elle à coup sûr, à un moment ou à un autre, sur toute la planète. De fait, chaque jour sont annoncées, dans un pays ou un autre, quelques bonnes nouvelles (ce qu'en anglais on a trouvé habile de désigner comme des « jeunes pousses ») prétendument annonciatrices d'un printemps tant attendu : ici, une reprise de l'activité ; là, un redressement des ventes de logements ou d'automobiles ; là-bas, le retour des profits ; ailleurs, des cours de

Bourse en pleine remontée ; plus loin, le surgissement de nouvelles technologies révolutionnaires ou de nouveaux produits aux marchés prometteurs ; enfin – mais beaucoup plus rarement –, l'annonce d'embauches nouvelles.

Nombreux sont donc ceux, parmi les puissants, qui veulent croire que la baisse des taux d'intérêt et l'énormité des moyens déversés depuis deux ans sur l'économie mondiale par les gouvernements et les banques centrales finiront par produire leur effet ; que cette crise passera comme les précédentes et que l'on en reviendra vite à l'ordre ancien – en particulier, donc, à l'ordre financier ancien, pourtant déclencheur de la crise. Celle-ci n'aura été, disent-ils, qu'une purge résorbant les conséquences des erreurs de prévision, faisant disparaître les entreprises les moins performantes, libérant des capitaux et des travailleurs ayant tout à gagner à être mieux employés ailleurs.

Rares sont ceux, parmi les autres protagonistes, et d'abord parmi les plus fragiles, à partager cet optimisme.

De fait, la crise économique est loin d'être finie et les mesures prises par les gouvernements qui, depuis 2008, s'endettent au-delà de l'imaginable, ne font au mieux que la contenir.

• *L'avalanche*

Pour comprendre le phénomène, il faut d'abord rappeler comment une petite rupture d'équilibre dans un secteur particulier du système financier américain – le financement du logement – a pu provoquer une avalanche planétaire qui n'a pas fini de dévaler les pentes ; une avalanche dont le système financier d'outre-Atlantique n'a pas été en soi la cause, mais seulement le déclencheur. Et qui révèle des mouvements très profonds dans l'ordre économique et politique mondial.

Tout commence en août 1979 par deux événements concomitants : d'une part, un arrêt net, à ce moment, de l'augmentation des salaires réels américains, en raison de l'inflation et de l'affaiblissement des syndicats ; d'autre part, l'arrivée à la tête de la Réserve fédérale américaine de Paul Volker. Pour compenser l'effet récessionniste de la baisse des salaires réels sans avoir à les augmenter, Volker se lance dans une lutte sans merci contre l'inflation et en particulier dans une politique monétaire rigoureuse. Son succès stabilise progressivement le pouvoir d'achat des salaires, réduit le coût des emprunts, accroissant l'espérance de plus-values sur les actifs : il devient donc possible, malgré la stagnation des salaires, d'augmenter le niveau de vie en remplaçant le revenu par des emprunts, aisément remboursés par la vente d'actifs dont la valeur est sans cesse en hausse.

L'économie américaine s'installe ainsi dans une économie de la dette où l'endettement des ménages est utilisé comme un substitut à l'augmentation des salaires et où la hausse de la valeur des stocks compense la stagnation de celle des flux.

Cette situation peut durer aussi longtemps qu'augmente la valeur des actifs boursiers et immobiliers. Ce sera le cas pendant près de trente ans.

Pour organiser le financement de ces emprunts de plus en plus risqués, les banques, qui voient venir le danger, refusent d'en porter le risque final. S'organise une économie financière qui transfère les prêts, immobiliers et autres, consentis aux ménages et aux entreprises par les banques américaines à d'autres banques et à d'autres établissements financiers à travers le monde entier. D'abord aux États-Unis, ensuite ailleurs, ce processus entraîne le développement massif de crédits, en particulier au logement, gagés sur la valeur montante des biens. Puis ce processus s'étend au financement des entreprises sous la forme de LBO, et par d'autres produits financiers de plus en plus imaginatifs et de plus en plus risqués. Pour les financer, sans se préoccuper de savoir si elles auront assez de fonds propres en cas de défaut des emprunteurs, les banques regroupent ces crédits en paquets dans des produits structurés gagés sur les actifs (*Asset Based Securities*, ABS) et des produits dérivés (*Collateralized Debt Obligations*, CDOs), c'est-à-dire des paris sur l'avenir de la valeur de ces actifs ; elles transfèrent ensuite ces paquets à d'autres établissements financiers à travers le monde entier (banques, compagnies d'assurances, investisseurs privés et fonds d'investissement), attirant ainsi dans l'économic américaine des capitaux du reste du monde, faisant monter encore plus le prix de l'immobilier et baisser les taux d'intérêt aux États-Unis. Pour se couvrir mieux encore contre les risques de ces produits, les financiers inventent même encore de nouveaux instruments, les *Credits Default Swaps*, CDS, qui tiennent lieu de primes d'assurance et qui sont transférables. Le commerce de ces produits structurés, contenant ou non des produits dérivés, et la spéculation dont ils font l'objet fournissent peu à peu une part croissante des profits des banques, dont la part dans le revenu national américain triple en trente ans.

Ainsi, alors que les banques occidentales sont supposées orienter l'épargne vers les investissements, voici que, informées de façon privilégiée, « initiées », elles se concentrent de plus en plus sur la spéculation pour leur propre compte sur ces produits structurés avec l'argent de leurs épargnants, ce qui leur permet de faire beaucoup plus de profits que leur métier traditionnel, et de distribuer au passage beaucoup plus de primes à leurs cadres.

À partir de 1999, le processus s'accélère quand les taux d'intérêt avoisinent zéro et que les banques commerciales américaines recouvrent le droit, qu'elles avaient perdu en 1934, de jouer elles-mêmes avec les capitaux qu'elles reçoivent du grand public, sans passer par des banques d'investissement. C'est alors, avec la fusion de Citibank avec Travellers, l'apparition de grands supermarchés de la finance (Citigroup, Bank of America, J. P. Morgan, etc.), des « banques universelles ».

En conséquence, malgré la stagnation de la plupart des salaires réels, la demande des ménages américains augmente ; les Américains n'épargnent plus, s'endettent et achètent alors des produits de consommation aux Chinois, lesquels achètent des matières premières et autres produits au reste du monde. On s'installe ainsi dans un rythme de croissance annuel du produit intérieur brut (PIB) mondial supérieur à 4 %, niveau jamais connu dans l'histoire humaine, et très supérieur à ce que devrait permettre la réalité de l'effort productif américain, japonais et européen.

La contrepartie en est une croissance massive de l'endettement américain : alors qu'en août 1979, comme pendant des décennies, le taux d'épargne global aux États-Unis était encore de 20 % (celui des ménages, de 6 %), la dette totale de 160 % du PIB, et celle des ménages de 47 % du PIB, trente ans plus tard, le taux d'épargne global américain n'est plus que de 14 % (celui des ménages est devenu négatif), la dette totale atteint près de 400 % du PIB, et celle des ménages dépasse les 100 %.

Ces déséquilibres ne sauraient durer éternellement, et les premiers craquements se font sentir en 2004.

Quelques salariés américains parmi les plus pauvres, surendettés, ont d'abord du mal à rembourser leurs crédits hypothécaires spécifiques, accordés sans précaution, dits crédits *subprime*. Par ailleurs, la croissance mondiale est si forte qu'elle entraîne, à partir de cette année-là, une hausse des prix de l'énergie, puis des produits alimentaires, laquelle réduit le pouvoir d'achat et les capacités de remboursement des plus pauvres. À l'automne 2006, la médiocre qualité des logements construits pour les plus démunis conduit d'abord à la stagnation du prix de ce parc immobilier, puis, en janvier 2007, à sa baisse, ce qui interdit à de nombreux emprunteurs pauvres de rembourser leurs emprunts. En février 2007, les produits structurés regroupant des créances hypothécaires (c'est-à-dire des ABS) et les autres produits dérivés (CDOs contenant ou non des « tranches » d'ABS) se déprécient brutalement. En août 2007, la BNP, à Paris, est la première banque au monde à annoncer qu'elle ne sait plus estimer la valeur de ces produits financiers très spéculatifs, faisant découvrir par la même occasion qu'ils se sont désormais introduits dans les comptes des principales banques du monde développé. En octobre 2007, les Bourses commencent à baisser ; en particulier, l'indice Standard & Poor's quitte le niveau de 1 576 qu'il vient d'atteindre. Fin 2007, le marché des produits spéculatifs continue de croître. Par exemple, le montant des paris faits sur le risque attaché à toute sorte de crédit (ces produits très particuliers dits *Credits Default Swaps*) dépasse les 2 trillions de dollars pour une valeur ainsi assurée de 60 trillions de dollars, supérieure au PIB mondial !

En janvier 2008, inquiètes de ces dérives, ne pouvant plus se débarrasser de leurs créances hypothécaires, les banques américaines, puis européennes, commencent à craindre de manquer de liquidités (ne trouvant plus assez de ressources sur les marchés interbancaires) et de solvabilité (ne disposant plus d'assez de fonds propres). Elles prêtent moins. Du coup, la machine économique globale commence à ralentir, même si peu d'observateurs et d'acteurs reconnaissent la gravité de ce qui menace.

En mars 2008, une première banque américaine importante est submergée par ses pertes sur ces marchés : Bear Stearns. Pour ne pas rééditer les erreurs d'octobre et novembre 1929 (quand la Fed laissa plus de 4 000 banques américaines faire faillite), le nouveau responsable de celle-ci, Ed Bernanke, et l'ancien patron de Goldman Sachs, devenu secrétaire au Trésor de George Bush, Henry Paulson, décident de faire financer par le Trésor les pertes à venir du système bancaire américain. De cette décision tout va découler : Bear Stearns est ainsi sauvée par l'État fédéral. D'autres établissements américains ou anglais, plus modestes, vacillent et tombent durant l'été. Certains, en Grande-Bretagne, tel Northern Rock, sont nationalisés.

En juillet 2008, afin de renforcer les fonds propres des banques, les principales banques centrales s'entendent pour réviser les accords dits de Bâle II et porter leur niveau à 6 % du montant des actifs, en vue de « réduire de manière substantielle la possibilité et l'ampleur des tensions économiques et financières ». Beaucoup croient alors, et proclament, que le plus gros de la crise est passé.

Il n'en est rien, car les accords de Bâle ne sont pas appliqués en Amérique et sont contournés en Europe. Début septembre 2008, c'est au tour d'une des plus grandes banques de Wall Street, Lehman Brothers, de se retrouver au bord du dépôt de bilan pour les mêmes raisons : ses pertes sur les marchés des produits structurés et l'insuffisance de ses fonds propres. La Fed hésite : sauver Lehman, c'est laisser entendre que toutes les autres banques devront désormais l'être aussi et qu'elles peuvent donc continuer à prendre des risques illimités ; ne pas sauver Lehman Brothers, c'est ouvrir la boîte de Pandore en raison des risques mal connus de contagion d'une faillite de Lehman à d'autres établissements. Le sauvetage est possible : il suffirait que l'État rachète pour quelques milliards de dollars une partie des actifs en difficulté de Lehman, et laisse une banque commerciale anglaise, Barclay's, qui le propose, racheter le reste de l'établissement. Pendant le week-end du 15 septembre, Henry Paulson hésite, puis décide de ne pas agir, provoquant la mise en faillite de Lehman Brothers. Grave erreur qui entraîne dès le lendemain la faillite du plus grand assureur mondial, American International Group (AIG), principale contrepartie des contrats d'assurance – ou plutôt des paris (les CDS) faits par de très nombreux acteurs financiers sur la faillite de Lehman Brothers.

Panique : on se rend compte que personne ne contrôlait, que personne ne surveillait rien, et même que tout le monde, dans le système financier, avait intérêt à ce que ce système de prêts et de dettes (d'effet de levier) se développe pour en tirer le maximum de profits et de bonus sans que les fonds propres laissés en garantie aient augmenté dans les mêmes proportions. On découvre que le multiple entre les fonds propres et les prêts, qui ne devait pas dépasser 12, atteint 50 dans certaines des plus grandes banques occidentales ! Gouvernements, banques centrales, agences de notation, banques, assureurs, fonds de pension, fonds d'investissement : tout le monde est compromis. Les rumeurs les plus folles courent sur les prochaines banques menacées de faillite. Plus personne ne veut prêter quoi que ce soit à qui que ce soit ; en quelques heures, le 17 septembre, 550 milliards de dollars sont retirés du marché monétaire américain. La liquidité des banques n'est plus assurée. Le crédit aux entreprises s'arrête. Si, ce jour-là, les épargnants s'étaient précipités en masse pour retirer leur argent des banques, aux États-Unis et en Europe, le système capitaliste en son entier se serait sans doute effondré.

Les gouvernements occidentaux décident alors de financer leurs banques, quoi qu'il advienne. Mais le mal est fait : fin septembre 2008, elles gèlent pratiquement tous les crédits pour tenter de maintenir leur solvabilité ; plus personne ne trouve de financement ; la croissance économique mondiale s'interrompt brutalement.

D'abord pour sauver AIG, le Trésor américain lui accorde 85 milliards de subventions. On apprendra un peu plus tard que l'assureur en reverse immédiatement 13 à Goldman Sachs, grand concurrent de Lehman, pour payer justement les contrats d'assurance (CDS) souscrits par Goldman Sachs auprès d'AIG sur Lehman ! Ce n'est pas la première fois que Goldman Sachs, comme toute entreprise, tire bénéfice des avanies de ses concurrents ; mais, cette fois, c'est le contribuable qui finance. Ce ne sera pas la dernière fois.

Les montants en jeu augmentent : la crise, qui ne portait en mars 2008 que sur quelques milliards de dollars, en engage maintenant plusieurs centaines de milliards ; une recapitalisation des banques par leurs actionnaires privés est désormais impossible. Les États assument désormais le rôle d'assureurs en dernier ressort. Le Trésor américain envisage même – comme le feront un peu plus tard les autres ministères des Finances des pays développés – de reprendre à son compte tous ces produits structurés à la valeur incertaine (qu'on nomme à présent « produits toxiques ») et de les loger dans une banque de défaisance ou « mauvaise banque », sur le modèle de ce qui avait bien réussi en 1991, dans une crise équivalente circonscrite à la seule Suède. Mais le coût d'une telle opération est hors de portée, la liste des produits concernés et leur prix de rachat étant impossibles à déterminer. Les États-Unis comme les pays européens (sauf l'Allemagne) décident alors de ne recapitaliser leurs systèmes financiers que banque par banque, sans nationaliser globalement les pertes. Le signal est donné : les banques seront sauvées, les profits seront pour elles, et les pertes pour les contribuables.

En octobre, novembre et décembre 2008, une succession de réunions internationales, du G8 au G20 (à Paris, à Bruxelles, à Washington, au FMI) discutent de réformes comptables susceptibles d'améliorer la solvabilité des banques, en augmentant la valeur apparente de leurs actifs, et annoncent des plans de relance budgétaire pour améliorer leur liquidité. Ces plans sont d'une ampleur très variable : les plans européens représentent 1,4 % du PIB de l'Union ; le chiffre est de 2 % pour les Japonais ; 5 % pour les Américains ; 15 % pour les Chinois. Henry Paulson annonce en particulier qu'il accorde 700 milliards d'aides aux banques américaines, dans le cadre d'un programme dit « TARP », sous forme de prêts sans intérêt et de garanties publiques ; il en confie la direction à l'un des patrons de Goldman Sachs, Neel Kashkari. Pour pouvoir en bénéficier, Goldman Sachs devient une holding, reçoit 10 milliards de dollars de TARP sous forme de prêt sans intérêt, avec au surplus le droit d'emprunter à un guichet spécial de la Réserve fédérale en échange des produits structurés qu'il détient et qui brûlent les doigts.

On apprendra un peu plus tard que, dans les trois derniers mois de 2008, les banques américaines ont perdu 80 milliards de dollars, reçu 175 milliards de subventions de l'État fédéral, et versé 36 milliards de bonus à leurs cadres. En particulier, Goldman Sachs ne paie cette année-là que 14 millions de dollars d'impôt à l'État fédéral, dont il reçoit 10 milliards de dollars de subventions, et verse 20 milliards de dollars de bonus à ses traders ! Au total, les quatre principales banques de Wall Street (J. P. Morgan, Chase, Goldman Sachs et Morgan Stanley) distribuent cette année-là en bonus 40 % des 45 milliards qu'elles ont reçus des contribuables…

Pour tous, mis à part ces rares bénéficiaires du désastre, l'année 2008 se termine mal : aux États-Unis, au Mexique, en Europe et au Japon, la récession est profonde ; le chômage explose ; les Bourses de ces pays chutent de 45 % ; 50 trillions de dollars de valeur patrimoniale disparaissent en fumée ; la valeur des fonds de pension baisse d'un quart ; les prix des biens immobiliers commerciaux diminuent de 25 % ; des usines d'automobiles sont arrêtées ; les déficits publics doublent, voire triplent.

Fin décembre 2008, le montant d'actifs assuré par des CDS est encore de 42 trillions de dollars, pour une valeur de plus en plus élevée des primes (5,6 trillions), preuve que ces actifs sont en fait de plus en plus risqués. Les États-Unis, l'Europe, le Japon, le Mexique et d'autres pays entrent pour de bon en récession. En Chine même s'annonce pour 2009 une croissance nulle et les exportations, principal moteur de la croissance, se contractent à un rythme de 25 % par an. De même pour l'Inde, le reste de l'Asie et l'essentiel de l'Amérique latine, hormis le Brésil. Même les gens les plus riches sont touchés : en moyenne mondiale, le patrimoine de ceux qui disposent de plus d'un million de dollars susceptibles d'être placés baisse de 20 %, et la fortune de ceux qui possèdent au moins 30 millions de dollars pouvant être investis dans des titres boursiers chute de 25 % (surtout aux États-Unis, au Mexique, au Japon, en Allemagne, en Grande-Bretagne et en Chine).

En janvier 2009, le prix Nobel d'économie Paul Krugman écrit : « La situation actuelle ressemble étrangement à la crise de 1929. » En mars, l'indice boursier de Standard & Poor's, qui avait atteint son maximum (1 576) au début d'octobre 2007, descend jusqu'à 666. Depuis septembre 2008, l'économie américaine se contracte de près de 6 % en rythme annuel. Il en va de même en Europe. La panique est à son comble.

À partir du 18 mars 2009, la Fed décide (sous le nom de *quantitative easing*) de racheter tous les titres que les banques américaines leur présenteront, sans plus en discuter le prix. Au total, elle aura, fin mars 2009, prêté ou garanti 8,7 trillions de dollars à l'économie américaine sans que le Congrès ni l'opinion américaine ne sachent rien des bénéficiaires finaux de ces largesses ponctionnées, en dernière instance, sur les contribuables. Les banques semblent sauvées et les cours des actions amorcent une timide remontée.

Le 4 avril, une deuxième réunion du G20, à Londres, après celle qui s'est tenue en octobre à Washington, prétend poser les jalons d'un « nouvel ordre économique mondial », accordant notamment de nouvelles ressources au FMI et dénonçant quelques paradis fiscaux. En réalité, aucune des décisions prises ou annoncées au cours de cette réunion n'a d'impact réel sur la crise, aucun contrôle de l'endettement et de la spéculation n'est mis en place, aucun fonds propre nouveau n'est dégagé pour les banques. La stratégie des gouvernements reste la même : faire financer par les contribuables d'après-demain les erreurs des banquiers d'hier et les bonus des banquiers d'aujourd'hui. Et si, ce jour-là, 4 avril 2009, les Bourses accélèrent leur remontée, c'est parce que l'Association des banques américaines déclare avoir obtenu du gouvernement fédéral, au mépris des règles de Bâle et de celles de l'Agence comptable internationale, une réforme des règles comptables leur permettant de valoriser désormais leurs actifs toxiques à une valeur plus élevée que celle du marché, qui les compte maintenant pour zéro : on passe ainsi du *mark-to-market* (« évalué selon le marché ») au *marked-to-model* (« évalué selon le modèle ») : les fonds propres des banques américaines sont ainsi réévalués de manière fictive, parce qu'on peut encore espérer que le cours de ces produits toxiques remontera un jour. Et comme les fonds propres des banques sont, pour une large part, constitués de paquets regroupant des fractions de ces produits dérivés et de dérivés de dérivés, l'insolvabilité éventuelle des banques devient invisible, et leurs pertes deviennent même, comptablement, des gains…

En conséquence, dès le mois suivant – mai 2009 –, grâce à cet artifice comptable, la banque Wells Fargo annonce une amélioration de son bilan de 4,4 milliards de dollars ; Citigroup efface une perte de 2,5 milliards de dollars ; Goldman Sachs affiche 1,8 milliard de bénéfices pour le premier trimestre 2009 et lève 5 milliards de dollars sur le marché, qu'il reverse presque entièrement à ses cadres sous forme de bonus et de primes. Le président de Wachovia, Robert Steel, lui aussi ancien de Goldman, distribue à lui-même et à son conseil 225 millions de dollars de « parachutes dorés » pendant que sa banque agonise.

Au même moment, le FMI, plus pessimiste, estime qu'il manque en réalité 875 milliards de dollars de fonds propres aux banques américaines et européennes pour qu'ils représentent un ratio de 4 % de leurs actifs, et qu'il leur en manque même 1 700 milliards pour atteindre la norme de 6 % fixée en juillet 2008. Comme la capitalisation de ces banques est alors, selon lui, de l'ordre de 1 500 milliards, il faudrait, pour se conformer aux règles, faire plus que doubler leur capital ! La situation du système financier est donc exécrable ; mais nul ne prête l'oreille à ces remontrances : les banques américaines n'appliquent toujours pas les règles de Bâle et les banques européennes les contournent allégrement.

Avec beaucoup de réticences, toujours en mai, pour ne pas être en reste, l'International Accounting Standards Board (IASB), contrôlé par des Américains, applique aux banques européennes une réforme se rapprochant de la réforme américaine d'avril, mais beaucoup moins laxiste, ce qui les pénalise face à leurs concurrentes d'outre-Atlantique ; jusqu'à ce qu'elles trouvent une nouvelle fois les moyens de contourner ces règles par de nouveaux prêts hors bilan.

En juin 2009, Timothy Geithner, nouveau secrétaire au Trésor de la nouvelle administration démocrate, venu de la Fed, propose aux banques, pour améliorer encore leur solvabilité, de faire subventionner par le budget fédéral le rachat de leurs actifs « toxiques » par des fonds d'investissement, ce qui leur permettrait de retrouver de l'argent réel. Mais les banques refusent de se débarrasser de ces titres parce qu'elles peuvent désormais les évaluer à leur guise et parce qu'elles pensent pouvoir se remettre à spéculer pour leur propre compte, ne risquant plus la faillite. Ne prêtant pour ainsi dire plus à aucun client commercial, elles recommencent donc à faire la quasi-totalité de leurs profits sur le marché des produits dérivés, redevenus miraculeusement commercialisables, et sur le placement de titres de très mauvaise qualité à la Réserve fédérale (qui n'en discute pas le prix), et sur la différence entre le coût (très bas) de l'argent qu'elles empruntent à la Réserve et le taux (très élevé) des rares prêts qu'elles accordent à quelques très grandes entreprises.

Au total, les banques américaines, se sentant totalement protégées par les contribuables, prennent ainsi à nouveau de plus en plus de risques, pour le plus grand bénéfice de leurs *traders* et de leurs actionnaires. Par exemple, la « valeur à risque » (c'est-à-dire l'exposition à une perte) de Goldman Sachs continue d'augmenter. Et même si les banques sont obligées de réduire un peu leurs emprunts, elles accroissent la quantité d'argent qu'elles mettent en jeu dans cette spéculation pour leur propre compte : plus de 250 milliards de dollars par mois rien que pour Goldman Sachs.

En juillet 2009, la récession est toujours là : l'encours de crédit à la consommation recule pour le sixième mois d'affilée, de 10,4 %, pour tomber à 2 470 milliards de dollars. Pour relancer leurs économies, les États acceptent désormais des déficits illimités. Celui des États-Unis, annoncé pour 2009, dépasse maintenant les 2 trillions de dollars, et il serait impossible de le réduire sans aggraver la récession, même s'il affaiblit la crédibilité du Trésor. Ainsi, les 27 et 28 juillet 2009, lors d'un sommet bilatéral, les Chinois obtiennent du Trésor américain qu'il accepte discrètement d'indexer sur une inflation éventuelle, provoquée par l'énormité du déficit public et des crédits de la Banque centrale, le remboursement d'une partie de ce qu'ils lui prêtent. Si Geithner accepte, c'est qu'il n'a plus le choix : ce déficit doit être financé.

En août 2009, malgré ces menaces considérables et l'approfondissement de la récession et du chômage, la remontée des bourses s'accélère. En particulier, les actions d'AIG, de Fannie Mae et de Freddie Mac remontent respectivement de 400, 276 et 320 % par rapport à leur plus bas niveau de 2008. Le cours de la banque espagnole Santander, qui avait dû émettre de nouvelles actions en novembre 2008 au prix de 4,50 euros, remonte, au début de septembre 2009, à 10,85 euros. Au même moment, le taux d'épargne des ménages américains tombe à 4,2 % en raison de la ruée sur les achats d'automobiles alimentée par le programme *Cash for Clunkers* du Trésor fédéral qui subventionne généreusement ces achats pour sauver l'industrie automobile de la faillite.

Le 6 septembre, à Bâle, les gouverneurs de banques centrales décident une nouvelle et timide réforme de la composition des fonds propres (alors que le renforcement déjà décidé un an auparavant n'est toujours pas appliqué) visant à réduire un peu la part des produits structurés : « Les banques, déclarent-ils, se verront demander d'agir promptement pour relever le niveau et la qualité de leur capital à hauteur des nouvelles règles, mais de manière à promouvoir la stabilité des systèmes bancaires nationaux et de l'ensemble de l'économie. » Rien n'est dit sur les produits dérivés, si ce n'est la nécessité de créer, un jour, un marché « aujourd'hui impossible en raison de l'absence de standardisation des produits ». Autrement dit, rien. Le principe d'un capital-tampon « contre-cyclique » permanent est adopté afin de pouvoir être utilisé en période de crise. Le même jour, les ministres des Finances du G20 réunis à Londres entendent le secrétaire américain au Trésor, Timothy Geithner, demander lui aussi un renforcement des fonds propres des banques, et ils discutent, en vain, d'un plafonnement des bonus – qui n'aurait aucun impact réel, sinon politique, sur la crise – et de la mise en œuvre de la réforme, déjà promise en avril, de la répartition des droits de vote entre pays au sein du FMI. Cet ensemble de mesures, est-il décidé, sera précisé d'ici à la fin de l'année, puis affiné durant 2010, avant d'être appliqué de façon « à ne pas compromettre la reprise de l'économie réelle ».

Cette dernière phrase ouvre une fois de plus la porte à toutes les exceptions…

Au demeurant, tout cela reste sans effet, le Congrès américain bloquant toute réforme sous la pression du lobby bancaire.

Le 21 septembre, la réunion du G20 à Pittsburgh, tout occupée par la question du nucléaire iranien, confirme que chacun entend protéger son système bancaire et ne rien faire pour le brider. Aucune action sérieuse n'est entreprise pour contrôler les systèmes financiers. Tout comme le deuxième, ce troisième G20 se concentre sur un problème hors sujet, cette fois celui des bonus des banquiers, alors qu'aucun des vrais enjeux de la situation n'est réglé : les fonds propres des banques demeurent, malgré des déclarations de principe, trop insuffisants pour prendre le relais des dépenses publiques. Les dettes des principaux États s'envolent sans que nul ne s'en inquiète ; le chômage augmente partout ; les agences de notation, les banques, les fonds de pension, les activités spéculatives ne sont pas contrôlés.

Et, une fois de plus, Chinois et Américains s'entendent pour faire peser tout le poids des rares réformes annoncées sur les Européens. Chacun sait fort bien, en fait, que rien n'est réglé et que c'est en général au lendemain de ce genre de forums qu'on prend conscience – trop tard – de l'urgence d'agir.

Dans les dix premiers jours d'octobre 2009, dans une ambiance d'euphorie boursière que rien ne justifie économiquement, la réunion du FMI et de la Banque mondiale à Istanbul confirme cet optimisme de façade, à quelques semaines du quatre-vingtième anniversaire du déclenchement de la crise de 1929.

• *La situation économique mondiale*
à la fin d'octobre 2009

De fait, même si les marchés boursiers ont récupéré une partie de leur dégringolade, la situation de l'économie mondiale n'est guère brillante. Aux États-Unis, les banques, objet de toutes les attentions, ont dû passer par profits et pertes plus de 1 000 milliards de dollars d'actifs ; les *hedge funds* ont perdu 40 % de leurs actifs en gestion ; les institutions financières ont enregistré 900 milliards de pertes immobilières et 1,5 trillion de pertes non encore comptabilisées ; leur valeur boursière est encore de 40 % inférieure à ce qu'elle était avant la faillite de Lehman ; les risques pris par les banques américaines atteignent des niveaux record : plus d'un trillion de dollars chaque jour ; les banques régionales subissent de plein fouet les effets de l'augmentation des défauts des ménages et des entreprises, sans pouvoir les compenser par des gains sur les marchés spéculatifs, comme font les banques de Wall Street. Cinq cents banques américaines figurent ainsi sur la liste rouge de la FDIC (Federal Deposit Insurance Corporation), organisme garantissant les dépôts bancaires, en raison des risques qu'elles ont pris sur l'immobilier commercial et privé. Goldman Sachs, Morgan Stanley, Bank of America, Citigroup, J. P. Morgan Chase et Wells Fargo survivent ; Merrill Lynch est absorbé par Bank of America ; Wachovia (l'ancien numéro cinq), Washington Mutual (la première Caisse d'épargne) et Lehman Brothers disparaissent ; Bear Stearns est absorbé par J. P. Morgan Chase. Les fonds Paulson, Renaissance et Shaw, qui ont su anticiper la crise et spéculer à la baisse, sont les nouvelles puissances de Wall Street ; éliminant ses principaux concurrents, Goldman Sachs fait fortune grâce aux décisions prises à Washington par Geithner, Summers et autres dont on sait qu'ils rejoindront la firme ou certains de ses satellites après avoir quitté leurs fonctions gouvernementales, comme le firent avant eux les ministres des précédentes administrations, Rubin et Paulson.

Avec la récession, les entreprises achetées par endettement bancaire ont le plus grand mal à rembourser la dette de leurs nouveaux propriétaires. Le taux d'épargne des ménages américains (monté de 1 % du revenu disponible en avril 2008 jusqu'à 6 % en mai 2009) est retombé à 4,2 %. Les déficits publics ont explosé : le déficit total des cinquante États américains est de 120 milliards de dollars alors que, constitutionnellement, leurs budgets devraient être à l'équilibre ; trente-deux États finissent l'année fiscale au 1er juillet 2009 sans avoir voté le budget de l'année suivante ; l'impôt sur le revenu s'effondre d'un quart ; l'impôt sur les sociétés, de 57 % ; le déficit fédéral dépasse les 2 trillions de dollars en 2009, soit 14 % du PIB. Les salaires, qui ont baissé de 6,8 % en 2008, sont inférieurs à ceux de 1982.

De janvier à septembre 2009, les logements de plus de 20 millions de ménages américains ont été saisis ou sont en passe de l'être. Le nombre de personnes officiellement au chômage aux États-Unis, double de celui de la fin 2007, atteint 14,7 millions, auxquelles s'ajoutent 6,4 millions de personnes à la recherche d'un emploi mais non comptabilisées dans la population active. Un responsable de la Fed reconnaît même que le taux de chômage *réel* dépasse les 16 %. Quatre millions d'Américains cherchent un emploi depuis plus de 26 semaines, et la durée moyenne du chômage est de 24,5 semaines, contre 15,8 en moyenne depuis 1994 ; le chômage touche tous les secteurs, à l'exception de l'éducation et de la santé. Et la situation n'est pas près de s'améliorer : pour chaque emploi créé, six personnes sont mises au chômage ! Le taux d'utilisation des capacités industrielles américaines n'est plus que de 68,5 %, alors que le précédent plus bas niveau était de 70,9 % en 1982, et que la moyenne est de 80 %. Un demi-million de travailleurs au chômage ont épuisé leurs droits en octobre 2009, et ce sera le cas pour 1,5 million supplémentaire à la fin de 2009. En conséquence, une pauvreté endémique s'installe aux États-Unis : les bons de nourriture sont de plus en plus utilisés ; 40 % de ceux qui en bénéficient avaient précédemment un revenu provenant du travail, au lieu de 25 % en 2007.

En dehors des États-Unis, les pays les plus touchés par la crise sont naturellement ceux qui sont le plus intégrés au système financier anglo-saxon : l'Europe, le Japon et le Mexique (avec, dans ce pays, une chute de plus de 7 % du PIB en 2009, une explosion du chômage, un effondrement du pouvoir d'achat des salariés, une réduction des deux tiers de la valeur en euros des patrimoines). En Grande-Bretagne, Royal Bank of Scotland Group Plc, Lloyds Banking Group Plc, Northern Rock Plc, Alliance & Leicester Plc, Bradford & Bingley Plc sont nationalisées au moins en partie. En France et en Allemagne, de grands changements affectent les Banques populaires, les Caisses d'épargne, Dexia et Fortis, qui ne passent pas loin de la faillite. Le déficit public anglais dépasse les 14 % du PIB ; celui de la France approche les 10 %. En Espagne, le taux de chômage est de 18,7 %, en Lettonie de 16,3 %, en Allemagne de 7,7 %, en France de 9,3 %. En Italie, la récession coûte un million d'emplois ; en Irlande, le taux de chômage est passé de 3 à 10 %. Au Japon, la récession atteint 6 % et la dette publique dépasse les 200 % du PIB.

Les pays dont le système financier est moins ouvert ressentent la crise avec un peu de retard, mais tout aussi sévèrement, puis se redressent. C'est le cas du Pérou, de l'Australie, des Philippines, de la Pologne, du Canada, de la Norvège (premier pays en Occident à revenir à la croissance), du Maroc, de l'Égypte, du Liban (protégé par une excellente réglementation bancaire), de l'Inde et de la Chine, pays où la croissance remonte à 7 % (et même à 14 % en moyenne annuelle au troisième trimestre de 2009) grâce à de gigantesques plans de relance. Dans les pays les plus pauvres, les transferts d'argent des migrants baissent de 8 %, beaucoup (travailleurs manuels, avocats, banquiers) rentrant chez eux ; de ce fait, plus de 200 millions de personnes dans le monde basculent en dessous du seuil de pauvreté extrême (où sont déjà plongés un milliard d'autres), c'est-à-dire en situation d'avoir faim ou soif au moins deux fois par semaine.

Au total, en octobre 2009, la crise mondiale est installée, ses principaux ressorts restant à l'œuvre.

B. L'Occident reste incapable de maintenir son niveau de vie sans s'endetter.

La cause profonde de la crise est à rechercher, comme toujours, dans une tendance de long terme : la difficulté croissante que rencontre l'Occident à compenser son épuisement intérieur par des ressources venues du reste du monde. L'enchaînement d'événements décrit plus haut n'en est que l'expression visible. Plus précisément, l'Occident, épuisé, à court de ressources humaines, technologiques et financières, a installé, pour attirer celles du reste du monde, une globalisation des marchés (en particulier des marchés financiers) lui permettant de maintenir son niveau de vie au prix d'une bulle financière planétaire.

Épuisement de l'Occident, endettement des États, absence de règles de droit : cet engrenage, cause de la crise, risque de perdurer longtemps encore. Il porte de lourdes menaces pour la survie, demain, des gens, des entreprises et des nations.

• *Rien ne vient enrayer l'épuisement de l'Occident...*

Pendant les dix derniers siècles, l'Europe, puis l'Amérique, puis le Japon ont réussi à mobiliser à leur profit les quatre éléments nécessaires à tout développement matériel : la population, la technologie, l'épargne et les matières premières. En les produisant chez eux, en les pillant ou en les payant. Ainsi la ville-cœur de l'Occident attirait-elle, chacune en son temps, toutes les ressources, toutes les élites, toutes les technologies. Ce fut tour à tour Bruges, Venise, Anvers, Gênes, Amsterdam, Londres, Boston, puis New York. Vers 1980, le cœur californien prit le relais et mobilisa une part unique des talents, des capitaux et des matières premières du monde ; en 2006 encore, plus des deux tiers des étudiants des principales universités scientifiques américaines venaient d'Asie ; des étrangers déposaient le quart des brevets validés aux États-Unis ; plus de la moitié des start-up créées dans la Silicon Valley entre 1995 et 2005 le furent par de nouveaux arrivants dans le pays.

Jusqu'à la crise, tout le monde semblait avoir intérêt à perpétuer une croissance factice : les populations d'un Occident épuisé pouvaient plus ou moins maintenir leur croissance et continuer à piller le reste du monde ; les entreprises fournissaient les produits sans augmenter les salaires ; les salariés trouvaient du travail et se constituaient un patrimoine ; les plus pauvres avaient accès au logement ; les actionnaires touchaient des plus-values significatives ; les États-Unis conservaient leur suprématie ; les pays du Sud étaient entraînés dans la croissance globale ; les gouvernements du monde entier assuraient le plein emploi d'aujourd'hui avec l'argent des contribuables de demain ; enfin, le système financier mondial engrangeait une part énorme de la valeur ajoutée mondiale.

Mais, comme tout, ce système a une fin : l'Occident n'est plus capable aujourd'hui d'apporter sa propre contribution à ce que les autres viennent lui confier, et cesse d'être attractif ; il a largement perdu ce qui fait la condition même de la survie et dont on parlera plus longuement aux chapitres suivants : le respect de soi, la crainte de disparaître, et, liée à elle, l'envie de se battre pour survivre. Beaucoup de gens, venus d'autres régions du monde, et qui jusqu'ici lui apportaient volontiers leurs talents et leurs ressources, commencent à penser que ceux-ci seraient mieux utilisés chez eux. Beaucoup d'épargnants d'Asie ne se sentent plus obligés de confier leur argent aux banques et aux fonds occidentaux. Beaucoup d'étudiants et de cadres d'Asie et d'Afrique estiment avoir une meilleure chance de succès chez eux qu'en Occident, lui-même de plus en plus réticent à accueillir des gens venus du Sud. De fait, si la population non diplômée du Sud cherche toujours à aller travailler au Nord, les diplômés des universités américaines venus du Sud sont de plus en plus nombreux à choisir de rentrer faire carrière dans leur hémisphère. Les jeunes diplômés américains et européens sont eux aussi de plus en plus nombreux à aller tenter leur chance en Asie, en Afrique et en Amérique latine ; des laboratoires de recherche s'y développent ; des découvertes y sont faites ; les technologies d'avenir ne seront plus seulement occidentales : elles seront – elles sont déjà – de plus en plus chinoises, indiennes, russes, brésiliennes.

Pour contrer cette évolution, l'Occident pourrait chercher à recouvrer ses forces démographiques, intellectuelles et idéologiques, ou du moins à attirer de façon rentable les ressources venues d'ailleurs. Il n'en fait rien, se borne à emprunter au reste du monde, lui faisant miroiter de nouveaux profits spéculatifs sans lui présenter de projet de remboursement durablement convaincant, comme s'il attendait que le temps lui apporte une solution-miracle. Or attendre, on le verra, est toujours la pire stratégie de survie.

• *... financé par des emprunts transférés des ménages aux banques, puis des banques aux États, et que rien ne vient maîtriser...*

Comme à chaque fois, pour compenser cet épuisement de l'énergie intérieure, le « cœur » essoufflé (cette fois, l'Occident tout entier) emprunte aux épargnants du monde de quoi maintenir tant bien que mal la croissance de son niveau de vie. Une nouvelle fois, et comme à chaque fois, cela se traduira par l'épuisement progressif du « cœur » et son remplacement par un autre.

De fait, ces emprunts faits par les ménages aux banques seront de plus en plus difficiles à rembourser : aux États-Unis, les banques vont devoir en effet assumer les défauts des ménages sur leurs cartes de crédit et leurs emprunts immobiliers (au moins la moitié des prêts *subprime* ne seront pas remboursés) ; s'y ajouteront aux États-Unis les pertes sur les crédits à l'immobilier commercial (qui s'élèvent à 3,5 trillions de dollars, titrisés pour un quart et déjà très largement en défaut). En Europe, le montant global des pertes bancaires atteindra au moins un trillion de dollars. Au total, les banques occidentales ne disposeront pas d'assez de fonds propres pour couvrir ces pertes nouvelles. Il leur manque au moins 1,5 trillion de dollars de fonds propres. Cette faiblesse constitutive donne la mesure de l'épuisement occidental.

La recapitalisation – essentielle – des banques ne pourrait venir, dans l'état actuel des marchés, que de financements par les pouvoirs publics, qui n'en ont plus les moyens : en 2009, les gouvernements de l'OCDE auront emprunté 5,3 trillions de dollars (dont 2 pour les États-Unis), soit 9 % du PIB de l'ensemble de ces nations, la dette publique n'étant contrainte par aucune force de rappel, ni aux États-Unis, où le dollar est roi, ni en Europe, où l'euro masque les faiblesses de chacun. Néanmoins, le financement de ces dettes semble encore garanti et, aussi longtemps que les banques centrales de l'Occident resteront crédibles, les fonds souverains et les épargnants du Golfe et d'Asie continueront de leur apporter leurs ressources : où pourraient-ils d'ailleurs placer leur épargne de façon politiquement aussi sûre ?

• *... et sans qu'aucune régulation efficace,*
ni nationale ni mondiale, vienne recréer
les contraintes nécessaires.

Pour que l'équilibre revienne sans passer par la faillite des nations, il faudrait qu'il existe des forces de rappel capables de contraindre les États en crise à équilibrer leurs budgets, et les banques à restaurer leurs fonds propres. Ces forces n'existant pas à l'intérieur de chaque pays, le rôle d'une régulation financière internationale consisterait justement à créer des contraintes limitant ces déséquilibres et ces excès spéculatifs : il est en effet politiquement plus facile d'accepter des contraintes venues de l'extérieur que d'en décider par soi-même, comme l'expérience de l'euro l'a montré.

Mais, jusqu'ici, rien n'est venu : alors qu'en 1934 les gouvernements occidentaux avaient mis en place des réglementations bancaires strictes, séparant en particulier les activités des banques commerciales et des banques d'affaires, cette fois, rien ne semble devoir être fait, malgré les annonces sorties de diverses réunions, du G8 au G20 : en effet, chacun sait que la mise en œuvre de telles contraintes pèserait sur les crédits bancaires et exigerait des plans de rigueur extrêmement impopulaires.

Ainsi, aux États-Unis, pendant qu'une sourde bataille se joue entre Chicago et Wall Street pour le contrôle des marchés dérivés (c'est à Chicago, ville du président Obama, que se trouvent déjà les principaux marchés de dérivés sur les matières premières), l'ABA (Association américaine des banques) fera tout pour que l'augmentation des fonds propres des banques soit la plus limitée possible et pour que la Fed ne devienne pas le régulateur principal, comme l'a pourtant décidé le président Obama ; elle s'opposera aussi à la création d'une agence gouvernementale chargée de la protection des consommateurs. De fait, l'administration Obama n'a pas pu jusqu'ici faire voter la moindre réforme du système financier par le Congrès, capitulant devant Wall Street.

Pour leur part, les vingt-sept pays membres de l'Union européenne semblent ne pas pouvoir faire mieux : divisés sur la nature des contrôles des banques à mettre en place, ils en laissent la responsabilité aux autorités nationales, préparant ainsi un beau chaos réglementaire !

De plus, les initiatives proposées par certains participants aux G20 de Londres et de Pittsburgh en vue de contrôler les agences de notation, les *hedge funds* et les LBO (*Leveraged Buy-Out*), d'interdire la spéculation pour compte propre, les positions spéculatives (en particulier en CDS) et les dettes sans recours, ont été rejetées.

Au total, la machine mondiale n'étant toujours pas contrôlée, les banques pouvant prendre des risques sans limites, étant garanties par les États, l'endettement de l'Occident ne peut qu'augmenter, les déséquilibres que croître, et les menaces sur la survie des uns et des autres que s'accumuler.

C. Le pronostic pour 2010 et 2011 reste incertain

Avant de passer en revue, aux chapitres suivants, les réactions nécessaires face à ces menaces, destinées à survivre aux crises, il faut tenter ici de préciser les dangers découlant de tout ce qui précède.

Dans l'immédiat, deux scénarios principaux sont possibles :

• *Un scénario optimiste : le U*

La reprise de la Bourse depuis avril 2009 donne le sentiment que la crise pourrait être surmontée. De fait, l'optimisme des marchés boursiers pourrait entraîner une amélioration progressive de la valeur réelle de certains actifs discrédités, un rétablissement des fonds propres des banques, puis un redémarrage du crédit aux entreprises et de l'investissement privé. Et donc un relais de la croissance liée à la dépense publique par une croissance liée à l'investissement privé.

Si ce scénario se réalisait (mais on voit bien toutes les incertitudes qui pèsent sur lui), il faudrait s'attendre, au mieux, à une lente sortie, dite « en U », de la crise actuelle : le PIB américain ne reviendrait à son niveau d'avant crise qu'en 2011 ; les secteurs les plus touchés, comme l'automobile ou le logement, ne retrouveraient leurs chiffres d'affaires de 2007 qu'en 2015, et le plein emploi ne serait pas rétabli avant 2017. Il faudrait donc, même dans ce scénario optimiste, vivre longtemps encore avec les menaces inhérentes à la crise financière.

• *Le scénario pessimiste :*
le double plongeon en W

À l'inverse, si quelque chose vient à se gripper dans l'une ou l'autre des étapes de ce scénario, on peut craindre (après une reprise factice des marchés financiers et la reconstitution des stocks des entreprises) une replongée durable de l'économie mondiale (d'où le W) selon l'articulation suivante :

La consommation (et en particulier la demande de crédit) n'augmenterait pas : chez les consommateurs occidentaux, le pessimisme reste aujourd'hui de règle ; chacun a peur du chômage, d'une perte de pouvoir d'achat, et réduit sa consommation. Beaucoup des dirigeants d'entreprise qui affichent un optimisme rayonnant continuent de vendre discrètement leurs actions de leurs propres firmes pour bénéficier à titre personnel du rebond boursier : ils ne croient pas eux-mêmes à la reprise qu'ils promettent à leurs actionnaires. Et il n'existe aucun moyen de faire repartir les dépenses des consommateurs. Il n'y a pas moyen d'encourager à emprunter des gens hyperendettés, et les banques centrales ne peuvent plus baisser des taux d'intérêt qui sont déjà presque nuls ; les gouvernements américain et européens ne peuvent pas non plus augmenter la demande privée par une baisse des impôts, compte tenu du niveau des déficits publics ; enfin, on ne peut pas attendre de la consommation de l'Asie, qui ne représente que le tiers de celle des États-Unis, qu'elle suffise à relayer la faiblesse de la demande en Occident.

Dans ce scénario, on verrait la consommation occidentale continuer à se réduire, rendant impossible la relance de l'investissement privé. De fait, aux États-Unis, la demande de prêts à court terme émanant des entreprises n'est encore que la moitié de ce qu'elle était en 2003, et les rares emprunts qu'elles recherchent visent à refinancer à taux plus bas des dettes existantes.

L'offre de crédit n'augmenterait pas non plus, en raison de la faiblesse des fonds propres des banques. Bien qu'elles aient, on l'a vu, beaucoup de moyens de faire des profits (sur la différence de taux, la réforme comptable, de nouveaux produits structurés, en vendant des titres à la Réserve fédérale ou en activant les CDS dès qu'une entreprise demande le rééchelonnement de sa dette), les banques, faute de fonds propres suffisants, ne sont pas tentées de reprendre leur métier d'intermédiation financière. Elles se contentent d'accompagner le désendettement des ménages et des entreprises, préférant investir dans la spéculation boursière que dans des activités nouvelles. De leur côté, les fonds d'investissement (qui ont 400 milliards de dettes à payer dans les cinq ans à venir) auront le plus grand mal à se financer, sauf à brader leurs actifs ou à essayer d'obtenir des prêteurs qu'ils allongent la maturité de leurs prêts. Tout serait alors bloqué : sans financement bancaire et capitaux privés, il n'y aurait pas de reprise de l'investissement ; sans reprise de l'investissement, il n'y aurait pas de croissance.

Les États occidentaux devraient alors continuer à subventionner banques et entreprises, entraînant une poursuite de la hausse de la dette publique, une remontée des taux d'intérêt et la perte de confiance des investisseurs en bons du Trésor. Le processus débutera un jour aux États-Unis – que les Chinois commencent déjà à considérer avec méfiance – et se poursuivra dans la zone euro, où le taux d'intérêt demandé à certains pays s'éloigne déjà de ceux des titres publics allemands. À terme, le risque serait même que la hausse des taux rende impossible de financer la dette publique ; les États concernés pourraient se trouver en situation de cessation de paiement, à moins d'un financement par leur Banque centrale, à caractère totalement inflationniste.

Si tout cela venait à se concrétiser, les Bourses baisseraient de nouveau : le PER (ratio mesurant l'optimisme des marchés financiers), qui a atteint en octobre 2009 un niveau de 27, très supérieur à la moyenne séculaire, pourrait redescendre à 6, comme en 1982 ; l'indice boursier Standards & Poor's, principale mesure de la croissance américaine, descendrait alors à 380, voire (si les profits baissaient aussi) à 190, contre plus de 1 000 en octobre 2009. De fait, déjà chacun reconnaît que les Bourses sont remontées excessivement : pour justifier les valorisations boursières américaines actuelles, il faudrait un taux de croissance de 4 % en 2010, alors que 2 % est le chiffre le plus optimiste connu. *On se trouverait alors dans une situation de récession mondiale pour au moins dix ans.*

Si ce scénario se vérifiait, à la fin de 2010, le nombre de chômeurs dans le monde passerait à 210 millions, et à 60 millions dans l'OCDE. Les jeunes, les immigrants, les travailleurs peu qualifiés, les seniors, les travailleurs temporaires souffriraient le plus. La Grande-Bretagne, comme d'autres, se verrait contrainte de trouver une solution à l'insolvabilité de ses banques et serait ruinée par la faiblesse de sa monnaie. L'Allemagne serait particulièrement fragilisée par sa spécialisation industrielle et par la baisse du dollar. L'Italie cesserait d'être compétitive. La France connaîtrait une récession au moins jusqu'en 2011 ; le nombre de chômeurs y dépasserait les 3,5 millions ; le déficit budgétaire y franchirait la barre des 12 % du PIB, avec des conséquences vertigineuses sur l'existence même de l'euro.

Après ce deuxième plongeon – qui exigerait de chacun des stratégies de survie dont il sera question plus loin –, la reprise ne viendrait que bien plus tard : d'où l'image de « reprise en W ».

En résumé, dans ce scénario, les banques américaines auraient enfoncé dans une dépression décennale les entreprises industrielles occidentales, contraintes de financer les errements et les bonus des banquiers avec la bénédiction des hommes politiques. Les salariés en seraient les victimes en dernier ressort. On se retournerait alors derechef vers les gouvernements pour nationaliser les banques et relancer une nouvelle fois l'économie par des dépenses publiques. Et on se rendrait compte alors, avec épouvante, qu'ils n'en ont plus les moyens...

II. ... LES CRISES

Par-delà ce que la crise actuelle nous réserve, bien d'autres crises – économiques, climatiques, écologiques, sanitaires, politiques – s'annoncent comme probables durant la prochaine décennie (en sus des crises personnelles qui ne manqueront pas d'affecter chacun d'entre nous). Elles exigeront, elles aussi, des stratégies de survie spécifiques.

A. D'autres crises économiques

Outre les deux scénarios principaux d'évolution de la crise, « en U » et « en W », d'autres accidents peuvent survenir dans l'économie mondiale et altérer encore le cours des événements, ajoutant aux dangers à venir pour chacun des habitants de ce monde. En voici quelques-uns :

• L'insuffisance des fonds propres des entreprises

Dans les économies occidentales, les fonds propres des entreprises sont tout aussi insuffisants que ceux des banques. Beaucoup d'entreprises sont en effet hyperendettées : celles rachetées sous LBO, comme celles qui ont versé des cautions excessives à leurs banques. Toutes auront le plus grand mal à trouver des fonds, les banques préférant spéculer pour leur propre compte plutôt que d'investir en capital dans les entreprises, et préférant même pousser celles-ci à la faillite plutôt que d'en devenir actionnaires.

À cela va bientôt s'ajouter la réforme, dite Solvency II, des compagnies d'assurances, qui entrera en vigueur en 2012 et les conduira à moins placer leurs capitaux dans les entreprises non cotées, à plus les risquer sur les marchés, pénalisant d'autant le financement des entreprises et mettant à risque les placements des caisses de retraite.

Il faudra trouver des actionnaires, à moins d'imaginer un capitalisme sans capitalistes...

• *L'explosion de la « bulle » chinoise*

L'économie chinoise, principale économie encore en très forte croissance, pourrait s'effondrer sous le poids de l'énormité des crédits accordés par la Banque du Peuple, entraînant une dévalorisation massive des actifs chinois (immobilier et actions). Cette explosion de la « bulle » pourrait survenir quand les marchés réaliseront l'énormité des surcapacités de production de l'empire du Milieu. Pour ne prendre que l'exemple du marché du fer, les stocks de ce minerai dans les ports chinois s'élèvent en octobre 2009 à près de trois mois de consommation, contre moins d'un mois habituellement, alors même que les producteurs d'acier chinois sont confrontés à des stocks pléthoriques de produits finis (leurs usines pouvant produire 660 millions de tonnes, alors que la demande n'est que de 470 millions de tonnes) et que plus de 200 milliards de dollars sont pariés sur le cours du fer sous forme de produits financiers structurés. Il en va de même pour le gaz naturel et bien d'autres matières premières. Cet état de choses pourrait entraîner un jour un effondrement brutal des marchés boursiers chinois, un ralentissement de la croissance de ce pays bien au-dessous de 8 %, avec de graves risques sociaux et politiques, et une chute des marchés financiers mondiaux, ce qui fermerait encore davantage le marché du crédit aux entreprises et conduirait plus sûrement encore le monde vers une nouvelle dépression.

• *Des tentations protectionnistes*

La régression du commerce mondial provoquée par le seul jeu de la récession peut aussi inciter chaque pays à vouloir protéger ses emplois et à forcer les entreprises et les banques subventionnées par les contribuables à concentrer leurs achats et leurs recrutements sur le territoire national. Bien des décisions récentes vont dans ce sens : le comportement du Congrès américain, de la Chambre des communes et du Bundestag vis-à-vis de leurs banques, le Buy American Act, le Chinese Act, le doublement par la Corée du Sud des taxes à l'importation de blé, de farine et de gaz naturel, les restrictions mises par l'Inde aux importations de jouets chinois, les décisions de l'Indonésie, celles du Brésil et de l'OPEP réservant aux compagnies nationales l'accès aux futurs gisements pétroliers, l'enlisement des négociations du cycle de Doha de l'OMC... Tout cela annonce la mise en place d'un protectionnisme qui aurait naturellement des effets désastreux sur la reprise de la croissance mondiale.

• *L'hyperinflation*

L'énorme masse de 5 trillions de dollars de liquidités créée par les banques centrales, la croissance des déficits publics et la remontée des prix des matières premières pourraient aboutir un jour à un retour de l'inflation en plein milieu de la dépression – et, par là, à un véritable Weimar planétaire. D'une certaine façon, cette inflation se manifeste déjà dans la hausse des valeurs boursières ; elle pourrait se poursuivre par une hausse de l'immobilier, des matières premières et des produits dérivés. Si elle s'étendait aux prix des produits agricoles et industriels, elle aurait l'avantage d'éliminer les dettes publiques et privées, mais au prix d'une dévalorisation radicale des patrimoines financiers des plus faibles.

Elle est cependant très largement freinée par la globalisation, qui pousse à la baisse des prix des biens et du travail, et par la très faible vitesse de circulation de la monnaie. En effet, les banques, on l'a vu, utilisent les liquidités qu'elles reçoivent pour augmenter leurs profits et leurs fonds propres, et non pour relancer les crédits à l'investissement. De plus, même si les banques commerciales devenaient plus audacieuses dans leurs prêts, les banques centrales disposeraient encore de quelques outils pour réduire la vitesse de circulation de la monnaie et la taille du bilan des banques : l'inflation des flux reste cependant, à terme, une quasi-certitude, ajoutant de nouvelles menaces à celles qui pèsent déjà sur les gens, les entreprises, les nations.

• *L'effondrement du dollar*

Le dollar aurait dû être depuis longtemps détrôné comme monnaie de réserve par d'autres devises en raison de l'énormité de la dette publique, interne et externe, des États-Unis. De fait, le jour où les pays créditeurs perdront confiance dans la devise américaine et trouveront des endroits plus sûrs et plus rémunérateurs où placer leurs capitaux, ils cesseront d'acheter des bons du Trésor américain, tenteront de se débarrasser des dollars qu'ils détiennent, et se lanceront dans une vaste offensive diplomatique en vue de remplacer le dollar comme monnaie de réserve par les DTS (droits de tirage spéciaux) ou par un panier de monnaies.

Pour pouvoir continuer à financer leurs déficits, les Américains devront alors se résigner à une hausse des taux d'intérêt servis aux acheteurs de leurs bons du Trésor, surenchérissant le coût du service de leur dette, aggravant encore par là leur déficit et le discrédit du dollar : ce qui aura, là aussi, des conséquences désastreuses pour l'économie mondiale, les nations, les entreprises et les particuliers.

Cette issue surviendra un jour, au cours de cette crise ou pendant la suivante, pour des raisons politiques plus qu'économiques. En particulier si l'euro se renforce et si le yuan chinois devient convertible.

• *La faillite de la Fed*

Le dernier risque économique, le moins probable mais le plus systémique, serait celui d'une faillite de la Réserve fédérale américaine. En effet, les profits faits par les banques en plaçant à la Fed des produits structurés – qui, en réalité, ne vaudront un jour presque rien – se traduiront à terme, pour celle-ci, par des pertes qu'elle devra d'abord comptabiliser dans son bilan (qui est de l'ordre de plus de 4 trillions de dollars), puis couvrir soit par des emprunts faits à l'État, soit par une subvention de ce dernier. Or, on voit mal l'État fédéral emprunter à la banque centrale de quoi couvrir les déficits de celle-ci !

On entrerait alors en territoire totalement inconnu…

B. Une crise énergétique majeure :
les *peak oil*

On peut s'attendre dans les toutes prochaines années à une insuffisance, d'abord provisoire, puis définitive, de la production de pétrole. Celle-ci entraînera une crise économique majeure à laquelle, là encore, rien ne nous aura préparés, et à laquelle il faudra apprendre à survivre.

Le premier plafond, ou « *peak oil* technique », désigne le moment où la production deviendra provisoirement inférieure à la demande en raison de l'insuffisance des investissements consacrés à la prospection.

Le second plafond, ou « *peak oil* absolu », désigne le moment où la moitié de toutes les réserves de pétrole mondiales prévisibles aura été consommée et où commencera véritablement l'épuisement des réserves restantes.

Le *peak oil* technique est pour bientôt : la crise économique actuelle ralentit en effet massivement les investissements en exploration pétrolière, ce qui réduira l'offre disponible à moyen terme. De plus, même si la crise se prolonge, la demande en pétrole augmentera avec l'arrivée sur la planète d'un milliard de personnes supplémentaires en dix ans. Le *peak oil* technique conférera un pouvoir considérable aux pays du Golfe qui, disposant seuls des ressources permettant de le dépasser rapidement, pourront le manipuler à leur guise et bénéficier des hausses de prix en découlant.

Le *peak oil* absolu sera atteint à une date beaucoup plus incertaine : selon l'Agence internationale de l'énergie, il aura lieu avant 2030, car, pour maintenir la consommation mondiale à son niveau actuel, il faudrait trouver, d'ici là, l'équivalent de 4 fois les réserves de l'Arabie Saoudite, et, pour faire face à une croissance régulière de la demande, trouver l'équivalent de 6 fois ces réserves, ce qui est inconcevable, à moins d'utiliser les schistes bitumineux d'Amérique, moyennant d'énormes dégâts écologiques. Pour les géologues de l'Association for the Study of Peak Oil, le *peak oil* absolu sera atteint dès 2014-2018 ; pour d'autres, plus optimistes, il ne le sera que vers 2060. Ce *peak oil* sera suivi d'un autre pic pour le gaz, dix ans plus tard, et quarante ans après pour le charbon. De l'avis d'autres experts, ce choc n'aura jamais lieu, car on aura déjà amorcé la transition vers d'autres sources d'énergie, comme ce fut le cas lorsqu'on passa du bois au charbon de terre, puis, aux XIXe et XXe siècles, au pétrole.

Quelles que soient la date et la forme du *peak oil*, la production de brut baissera alors de 4 % par an ; il faudra alors diviser par quatre, sur vingt ans, les quantités d'énergie fossile utilisées par personne, et réorienter massivement l'économie et le mode de vie de chacun pour n'employer le pétrole que là où il est provisoirement irremplaçable, c'est-à-dire dans les transports individuels par l'automobile et l'avion.

Ces échéances demeurent pour l'heure incertaines, les producteurs et les compagnies pétrolières ayant plutôt intérêt à faire croire que le *peak oil* est proche, afin de faire monter les prix. En effet, dès que cette évolution sera ressentie comme vraisemblable, le cours du pétrole repassera au-dessus des 100 dollars le baril, entraînant là aussi le risque d'une nouvelle dépression planétaire.

À cela il faut ajouter la raréfaction prévisible d'autres matières premières comme le lithium, essentiel aux piles électriques, et dont le plus important gisement se trouve en Bolivie.

C. Une crise écologique majeure

L'accroissement de la classe moyenne mondiale conduira inexorablement à une hausse de la consommation des produits de base et donc à l'augmentation de leurs prix. L'Inde et la Chine, qui consomment déjà plus de la moitié du charbon, du fer et de l'acier mondiaux, en consommeront bientôt les deux tiers. Et l'Afrique va bientôt s'y joindre. La demande en produits alimentaires va également exploser et, pour la satisfaire, ces pays commencent déjà à acheter ou louer des terres en Afrique, en Asie orientale, en Amérique latine et jusqu'en Russie. La demande d'eau va elle aussi beaucoup augmenter, surtout dans l'agriculture, alors même que l'offre se réduira par l'effet conjugué de l'urbanisation, de la sécheresse et du gaspillage qui fait perdre chaque année au monde l'équivalent de la production hydraulique de l'Inde et des États-Unis réunis.

Ces évolutions provoqueront dès la prochaine décennie une accélération des émissions de gaz carbonique ; elles représentent aujourd'hui en France 9 tonnes annuelles par habitant et 23 tonnes aux États-Unis. Si la moyenne mondiale ne descend pas à 2,5 tonnes par habitant, cela engendrera une crise climatique dont on vivra les conséquences sous la forme de températures extrêmes, de tempêtes, de sécheresses, d'inondations, avec les mouvements de populations subséquents. Là encore, il faudrait d'ores et déjà s'y préparer et trouver les façons d'y survivre.

On peut plus particulièrement s'attendre dans les années 2025 à une crise liée à l'accélération de la destruction, par les émissions de gaz carbonique, du corail sous-marin qui joue un rôle essentiel dans la survie de l'espèce humaine : les récifs de corail abritent en effet un tiers des espèces marines ; ils protègent les côtes des raz de marée et empêchent la prolifération d'une algue, le *Gambierdiscus toxicus*, qui rend les poissons toxiques. Or, ces récifs sont condamnés à l'extinction rapide par l'acidification et l'augmentation de la température des océans, liées l'une et l'autre à l'émission de gaz carbonique. Les récifs, qui restent sains à des teneurs en gaz carbonique de 350 parties par million, sont en effet déjà affectés au niveau actuel, qui est de 387 ppm. Environ 40 % des récifs coralliens, surtout dans l'océan Indien et dans les Caraïbes, sont déjà plus ou moins dégradés ; 10 % sont irrémédiablement perdus ; la Grande Barrière de corail d'Australie pourrait être très largement dégradée d'ici dix ans et mourir d'ici quelque vingt ans ; tous les récifs coralliens du monde sont même menacés d'extinction d'ici au milieu du siècle ; ce qui entraînerait l'extinction de la vie dans les océans et, à terme, des conditions de survie de plus en plus difficiles pour l'humanité.

Par ailleurs, une réaction mal coordonnée à cette crise climatique et maritime pourrait elle-même engendrer avant 2030 une « bulle », d'au moins deux façons. D'une part, comme ce fut le cas pour la bulle internet, on pourrait assister à une surévaluation des entreprises de l'« économie verte » ; déjà, les fonds spécialisés dans ce secteur y ont investi, en 2008, 12 fois plus qu'en 2001, 42 % de plus qu'en 2007, et le double encore en 2009 ; une telle bulle aurait, en se dégonflant un jour, le même effet récessionniste que les précédentes.

D'autre part, pour réduire la production de gaz carbonique, on verra bientôt se développer un marché des droits à en émettre, lequel pourrait devenir un marché de plusieurs trillions de dollars ; les gouvernements agiront dessus en diminuant progressivement le montant des droits globalement disponibles et en taxant la production de carbone, ce qui fera augmenter d'autant les prix de ces droits. C'est là encore une bulle dont le système financier se prépare à bénéficier.

D. La crise de la santé et de l'éducation

Une tout autre crise, aux impacts immenses sur la survie de chacun de nous, guette aussi le monde, à quoi personne, là non plus, ne se prépare vraiment. Là encore, elle sera le résultat de l'accumulation des déséquilibres liés à des tendances de long terme. Partout, l'élévation de l'espérance de vie conduit à une augmentation massive des dépenses de santé et de leur part dans le PIB. Partout, des technologies de diagnostic et de soins de plus en plus coûteuses sont appliquées à un nombre croissant d'individus. Bien que l'efficacité du système de santé mondial soit en progrès (l'espérance de vie augmente vite presque partout ; et, dans certains pays comme la France, l'espérance de vie en bonne santé augmente plus vite encore), sa productivité économique ne croît pas aussi rapidement que celle de l'industrie, car elle reste avant tout un ensemble de services délivrés par des personnes à d'autres personnes. Aussi les dépenses de santé ne peuvent-elles en définitive qu'augmenter en valeur absolue comme en valeur relative.

Aux États-Unis, par exemple, qui connaissent une situation paroxystique et un système hospitalier très peu performant, la part des dépenses de santé dans le PIB est passée de 12 % en 1990 à 18 % en 2009 (elle n'est encore que de 11 % en France). Le gouvernement fédéral en couvre les trois-cinquièmes et les assurances privées s'octroient la partie la plus rentable ; pourtant, malgré ces dépenses, 40 millions de personnes âgées de moins de 65 ans ne sont pas assurées, et plus de 40 % des travailleurs ne sont pas couverts par une assurance propre à leur entreprise. La gestion du système de santé américain est si complexe que 25 % au moins des dépenses y sont consacrées au fonctionnement administratif et aux profits des actionnaires des compagnies d'assurances.

Si la tendance actuelle se poursuit, les dépenses mondiales de santé augmenteront d'au moins 5 % par an, quelle que soit la croissance du PIB de chaque pays, quels que soient les mécanismes de contrôle mis en place, et même si l'accent est davantage mis sur la prévention, sur les médicaments génériques, sur les contrôles et sur les hôpitaux et cliniques à but non lucratif. En 2030, les Américains dépenseront pour leur santé au moins 25 % du PIB ; cette part sera de 30 % en 2040 et de 50 % en 2080. La tendance sera la même ailleurs. Cela restera une bonne nouvelle aussi longtemps qu'elle s'accompagnera d'une hausse de l'espérance de vie ; mais elle exigera que soit trouvée une bien meilleure gouvernance du système de santé et des recettes (publiques, assurantielles ou privées) pour financer ces services ; sinon, ils seront – ils sont déjà – rationnés au détriment des plus pauvres ; et, là encore, la survie, au sens littéral, deviendra on ne peut plus difficile.

Ces dépenses ne pourront vraiment baisser, au moins en valeur relative, que lorsqu'une part notable des services rendus aujourd'hui par le personnel soignant auront été remplacés par l'activité de machines et de prothèses, sans conséquences néfastes sur la qualité du diagnostic et des soins.

Le même raisonnement pourra être tenu ultérieurement à propos de l'éducation dont le coût augmentera considérablement (surtout si l'on tient compte des besoins croissants en formation continue) aussi longtemps que les technologies pédagogiques et les neurosciences n'auront pas réussi à provoquer l'industrialisation massive de machines à enseigner, qui n'aura lieu que bien après celle des techniques thérapeutiques et devra, là aussi, ne pas nuire à l'acquisition des connaissances, si essentielle, on le verra, à la survie.

E. Une pandémie incontrôlable

Là encore, la globalisation des marchés et la libre circulation qu'elle favorise laissent craindre la probabilité dans la prochaine décennie d'une ou plusieurs pandémies constituant une menace majeure pour la survie de nombre de gens, d'entreprises, de pays, une crise à la fois sanitaire, économique et humaine de vaste ampleur, en ralentissant la circulation des gens et des objets. Par exemple, le coût économique d'une pandémie de grippe H1 N1 (la première et la plus limitée parmi celles qui s'annoncent) oscillerait entre 0,7 % du PIB mondial (si elle était du niveau de la grippe dite de Hongkong de 1968) et 4,8 % (si elle était du niveau de la grippe dite espagnole de 1918, qui fit entre 50 et 100 millions de victimes). Aux États-Unis, elle pourrait causer la mort de 90 000 personnes ; jusqu'à 1,8 million de patients pourraient être hospitalisés, dont 300 000 pourraient être traités dans une unité de soins intensifs.

Bien d'autres pandémies beaucoup plus sévères sont possibles, porteuses de plus terribles menaces encore. Toutes démarreraient dans des régions denses et pauvres, où l'hygiène est rare et le repérage médical inexistant. Elles concerneraient sans doute – outre la grippe – la malaria et la tuberculose. Toutes ces menaces, là encore, exigeront des stratégies de survie particulières dont il sera question plus loin.

F. Crises politiques et militaires

Enfin la prochaine décennie pourrait ne pas être spécialement pacifique : il faut se préparer à continuer à vivre au milieu de crises politiques et militaires. Et à tenter d'y survivre.

D'abord, nombre de crises politiques pourraient découler des crises économiques et des conflits militaires déjà en cours. Les plus prévisibles auront lieu en Afghanistan, au Pakistan, en Iran, en Irak, en Somalie, en Corée du Nord. D'autres encore sont possibles en Chine, en Afrique de l'Ouest, en Égypte, en République démocratique du Congo, au Myanmar, en Inde, au Mexique, en Colombie.

Ensuite, après six décennies relativement pacifiques, on peut aussi craindre un regain de la guerre. *A priori*, le risque semble faible : alors que, durant la première moitié du XXe siècle, les conflits ont fait, directement ou indirectement, plus de 190 millions de morts (soit 3,8 millions par an), ils n'en ont fait en moyenne « que » 40 millions durant la seconde moitié du siècle (soit 800 000 par an). Et le nombre de victimes de conflits continue de décroître depuis le début du XXIe siècle pour n'être plus en moyenne, pour l'instant, que de 250 000 par an.

Il ne faut sans doute pas trop se fier à cette tendance. D'abord parce qu'il conviendrait d'y ajouter les victimes, de plus en plus nombreuses, des actes de piraterie et de banditisme, des mafias, en particulier des cartels de la drogue. Ensuite parce que les guerres sont plus fréquentes et plus courtes quand dominent les armes offensives, ce qui est le cas aujourd'hui. Outre les 25 000 armes nucléaires existant sur la planète, commencent à proliférer des armes très meurtrières utilisant des technologies civiles, telles les biotechnologies et les nanotechnologies. Enfin, parce que les nations, devenant de plus en plus des démocraties de marché, se trouveront de plus en plus souvent en situation de rivalité mimétique et donc de violence potentielle.

Des guerres et des conflits divers sont donc plausibles et il faudra apprendre à y survivre. Même si la probabilité d'une guerre planétaire ou même régionale est faible dans la prochaine décennie, celle de guerres locales, d'actions terroristes et criminelles de grande ampleur, augmente.

C'est aussi le cas des actes de violence gratuite dans le monde réel ou virtuel. La cybercriminalité connaît déjà une croissance exponentielle avec 500 % d'attaques supplémentaires en 2009.

Ces actions meurtrières se faufileront même à l'intérieur des autres crises. Par exemple, on ne saurait exclure que le terrorisme utilise les armes de la crise financière : des groupes déterminés pourraient ainsi, sans beaucoup de capitaux, vendre à terme des actions d'une banque, puis faire monter la valeur des CDS associés à ce même établissement (qui mesurent les risques attachés à cette valeur) ; cette montée, qui serait interprétée comme une inquiétude visant ladite banque, ferait s'effondrer son cours et assurerait de gros profits aux promoteurs de l'opération.

À coup sûr, d'autres actes terroristes ou criminels se grefferont aussi sur les autres crises : même si on peut les imaginer, il ne sert à rien de donner des idées à ceux qui n'en manquent déjà pas...

CHAPITRE 3

Les stratégies de survie

Voilà donc, pour autant qu'on puisse l'imaginer, ce qui nous attend dans les dix prochaines années : des évolutions certaines, des crises possibles, les unes et les autres pouvant tourner vers le meilleur ou vers le pire, selon l'action des hommes et des femmes d'aujourd'hui. Elles représentent d'innombrables menaces pour la survie des individus (chômage, ruine, dévalorisation des patrimoines, épidémies, perte de raison d'être), des entreprises (faillite, perte de tout financement, dépassement technologique, perte de sens, perte de compétitivité), des nations (chute de la natalité, baisse de l'épargne, tarissement des ressources naturelles, disparition de l'envie d'exister) et de l'humanité (pour des raisons écologiques). Elles représentent aussi, pour chacun, de formidables potentialités d'épanouissement, de liberté, de joie de vivre.

Bien d'autres événements, heureux ou malheureux, affecteront la vie privée de chacun d'entre nous ; sans doute auront-ils sur nos vies un impact bien plus considérable que les répercussions plus ou moins estompées des tragédies collectives et des comédies publiques dont j'ai parlé jusqu'ici.

Chaque individu, chaque entreprise, chaque nation, l'humanité entière devront donc assumer ces bouleversements, privés et publics, et trouver les moyens d'y survivre, d'en tirer le meilleur. Ce ne sera pas simple : grand cannibale, notre monde a sans cesse besoin de dévorer ceux qui le constituent.

Certaines personnes, entreprises ou nations, sidérées par l'ampleur des séismes ici annoncés, nieront leur imminence, se laisseront aller au hasard, ou confieront leur sort à une foi ; d'autres tenteront d'agir pour changer l'état du monde et infléchir le cours de son devenir ; d'autres encore décideront de ne compter que sur elles-mêmes pour tirer le meilleur parti des évolutions futures. Seules survivront certaines de celles qui ne compteront que sur elles-mêmes, ni naïves ni résignées, ne versant ni dans l'optimisme ni dans le pessimisme. Pour réussir, elles devront d'abord analyser et comprendre ce qui précède, puis recourir à des stratégies très particulières, élaborées par l'humanité au fil des millénaires, dont j'entends exposer ici les principes et les conditions de la mise en œuvre.

I. LES STRATÉGIES PASSIVES

Devant ce qui nous attend, d'aucuns (personnes privées, personnes morales, nations) penseront que le pire est vraisemblable, que rien n'est à portée d'une action humaine, qu'il ne sert donc à rien de se battre. Spectateurs volontairement impuissants de leur propre destin, ils opteront pour l'une des quatre attitudes suivantes.

A. Le renoncement à soi

Face à une catastrophe naturelle, une épidémie, un massacre, une crise économique, ou, pour un individu, une rupture sentimentale, une maladie, un deuil, beaucoup – gens, entreprises, nations – perdent leur lucidité. Privés de toute capacité à analyser ce qui vient, à anticiper et à agir, ils se laissent aller, lâchent la barre, renoncent.

Ainsi, dans la crise économique actuelle et face à celles, soit collectives, soit personnelles, qui adviendront, certains, confrontés à des évolutions qu'ils pensent inéluctables, nieront les risques, réfuteront les évidences, puis, quand le pire surviendra, se sentiront comme emportés et se laisseront aller ; ils penseront n'avoir aucun moyen d'agir ni individuellement ni collectivement. Ils baisseront les bras, s'abandonnant à ce qui risque de les anéantir. Certains, même, parmi ceux-là, mettront fin à leurs jours, entraînant parfois dans leur disparition ceux qu'ils tiendront pour responsables de leurs malheurs.

B. Le renoncement au monde

D'autres, plus rares, principalement des personnes physiques, penseront que l'origine profonde des dangers qui les menacent gît dans la nature même de notre monde ; qu'il n'y a rien à attendre du monde matériel et que, par exemple, si la croissance économique revenait, elle ne permettrait pas de créer les conditions de leur bonheur, d'écarter d'eux la souffrance, d'améliorer la qualité de leurs relations avec les autres et avec eux-mêmes ; à leurs yeux, le monde matériel ne vaudra jamais rien. Ils décideront alors, selon plusieurs choix philosophiques, de se mettre en marge, de se « débrancher », de ne plus participer, de ne pas cautionner, sans pour autant trouver refuge dans une autre espérance.

Certains, parmi ceux qui éprouveront ce sentiment d'impuissance, de solitude et d'accablement devant l'ampleur des problèmes, en viendront à ne plus vivre que dans un univers virtuel, que ce soit celui de la drogue ou du jeu vidéo : ainsi ceux qu'on nomme les *no livers*, qui trouvent dans l'immersion dans ces jeux de meilleures conditions de vie, une apparence physique plus séduisante, qui y exercent des talents que les autres ne veulent pas leur reconnaître dans la vie réelle.

Très différemment, d'autres encore, parmi ceux qui choisiront cette voie, abandonneront totalement leurs semblables, enfermés sur eux-mêmes, délaissant en particulier ceux de leurs amis qui auront basculé dans le chômage, la détresse, le dénuement, laissant l'argent devenir l'organisateur et le sélectionneur de leurs amitiés.

D'autres enfin, adeptes absolus du chacun pour soi, iront jusqu'à refuser d'avoir des enfants.

À moins de disposer d'une rente suffisante, ceux qui opteront pour une telle stratégie se condamneront eux-mêmes à la marginalisation, si ce n'est à la disparition.

C. La repentance

D'aucuns éprouveront un sentiment diffus de culpabilité pour avoir trop longtemps pris part à un monde aussi scandaleux, à une abondance aussi factice, à une destruction aussi suicidaire de la planète. Ceux-là iront jusqu'à l'acceptation plus ou moins consciente d'un châtiment, adoptant des stratégies de carême après carnaval. Ils consommeront moins, vivront hors des modes, voire à rebours du progrès, sans pour autant se déconnecter nécessairement du monde ; on en retrouvera dans des mouvements écologiques prônant une austérité heureuse, ou dans des mouvements de mortification parmi les plus extrêmes. Ils ne seront pas animés par le désir de survivre, mais par le vœu de se punir pour des fautes plus ou moins imaginaires.

D. L'espérance en autrui

D'autres encore – individus, entreprises ou nations – espéreront en l'action d'autrui. Certains estimeront qu'il suffit de tenir assez longtemps, sans rien changer à sa propre conduite, pour que s'éloignent ou se dissipent les nuages ; ils espéreront que des hommes de pouvoir, ou le marché, ou quelque force extérieure déboulant comme la cavalerie à la fin d'un western, viendront restaurer les équilibres. Il s'en trouvera aussi, parmi les individus et les nations, pour espérer en l'intervention d'une puissance extérieure au monde ; pour certains de ceux-là, la vie terrestre ne serait qu'un passage permettant d'obtenir, d'un Dieu ou de plusieurs, la meilleure éternité possible, ou à tout le moins une autre vie moins douloureuse ; d'autres encore, parmi ceux-là, penseront que nous ne nous sommes incarnés (ou réincarnés) que pour atteindre un seul but, la réalisation de soi, et qu'à cette fin nous n'avons qu'à apprendre à vivre en conscience. Ceux-là ne chercheront pas non plus à s'accrocher à une planche de salut, convaincus que rien ne saurait leur éviter d'être emportés si le destin en a décidé ainsi.

II. LES STRATÉGIES ACTIVES
À CARACTÈRE POLITIQUE

Individus, entreprises ou nations pourront aussi adopter des stratégies collectives pour résoudre ensemble leurs problèmes et modifier les règles du jeu.

A. L'exaspération

Certains – personnes physiques ou morales –, exaspérés par ce monde qui, on l'a vu, produit tant d'inégalités, dont les élites et les « initiés » continuent de s'octroyer des revenus si faramineux, outrés par l'égoïsme des puissants et l'aveuglement des riches, par les dérives du progrès technique, la vanité des gloires, le vide des relations, la montée de la vulnérabilité, la pression au travail, le déclassement des générations les plus jeunes, chercheront à comprendre qui y gagne et qui y perd, et dénonceront scandales, complots, boucs émissaires. On les retrouvera tenant des discours politiques ou diplomatiques, sans forcément agir pour les transformer en réalité.

B. L'action politique

L'exaspération en conduira d'autres – individus, entreprises, nations – à penser que leur survie dépend d'un changement de l'ordre du monde, ou à tout le moins d'un changement à la tête de leur pays. Ils s'engageront dans des partis ou des associations et militeront pour que des réformes mettent fin aux crises, ou du moins que le fardeau en soit plus équitablement réparti.

Ils proposeront d'autres réponses tournant autour de l'idée d'*altruisme*, condition de la compatibilité des libertés individuelles de chacun dans les générations actuelles et futures. En particulier, ces réponses permettront – sous forme d'*altruisme intéressé* – de prévenir les pandémies en soignant les plus pauvres, d'éviter la dégradation du climat en aidant les plus démunis à moins polluer, à former les autres en sorte que la capacité compétitive du groupe soit plus élevée. Par ailleurs, les théories de Marx recouvreront de l'actualité ; on se souviendra qu'il avait prévu la globalisation, les contradictions entre classes sociales, la fuite dans la dette, la paupérisation relative de la classe salariale, les bouleversements révolutionnaires liés aux progrès techniques, l'ouverture sans cesse croissante des marchés, la financiarisation de l'économie, la montée de l'avidité et des égoïsmes, la baisse du taux de profit, l'amplification des crises, la nécessité de la création de forces sociales et politiques capables de résister aux exigences des détenteurs du capital.

La rencontre entre altruisme et socialisme pourra déboucher sur de toutes nouvelles formes d'utopie politique.

C. La révolution

S'ils sont déçus par les résultats de l'action des partis et gouvernements qu'ils auront soutenus, s'ils réalisent que rien d'essentiel ne peut changer dans le cadre nécessairement local d'une démocratie de marché, ils estimeront que, dans ces conditions, il n'y aura jamais « rien de nouveau sous le soleil », et que, pour obtenir du neuf, pour détourner les menaces dont il a été question plus haut, il faudrait passer de l'autre côté, autrement dit faire la révolution. L'exaspération et la colère atteindront alors chez eux un degré tel qu'ils n'auront plus peur de prendre des risques et de sortir de la légalité pour changer l'état de leur pays ou celui du monde.

III. LES STRATÉGIES ACTIVES À CARACTÈRE PERSONNEL

Aucun de ces comportements ne suffira pour permettre de survivre à toutes ces menaces. Or survivre est à l'évidence le premier objectif de tout être vivant ; sans survie, rien d'autre n'est possible, ni repentance ni action politique.

Alors, il faut d'abord répondre à quelques questions préalables : comment chaque individu, chaque entreprise, chaque nation, l'humanité dans son ensemble peuvent-ils survivre aux mille et une crises, menaces, remises en cause, bouleversements, agressions que la vie privée et collective leur réserve ? Existe-t-il des points communs aux innombrables stratégies à employer par ces différents acteurs pour survivre à un tsunami, une avalanche, une famine, un conflit, une crise économique ou sanitaire, ou, chez les individus, une rupture sentimentale, une crise cardiaque ou un licenciement ?

Et d'abord, que signifie « survivre » ? Dans certaines langues, le mot recouvre à la fois la vie après la mort et la vie ici-bas ; d'autres langues, comme l'allemand, distinguent *überleben* (vivre au-delà) et *fortleben* (continuer à vivre) ; l'anglais, lui, parle de *survival*. La psychanalyse désigne sous le nom de « survie » l'attitude infantile de celui qui refuse d'admettre qu'il est mortel, qui pense que la mort n'existe pas et que la mise en mode de survie élémentaire ouvre droit à l'éternité.

Plus prosaïquement, « survivre » signifie d'abord vivre le plus longtemps possible ; pour une personne, approcher au plus les cent vingt ans ; pour une entreprise, atteindre au mieux plusieurs siècles ; pour une nation, plusieurs millénaires ; et l'infini des temps pour l'humanité.

De ce fait, les règles de survie ne semblent pouvoir *a priori* être les mêmes selon qu'on parle d'individus ou d'entités. On verra cependant qu'elles sont absolument semblables, et que, dans tous les cas, la tâche la plus complexe consiste à identifier le siège de la conscience de soi de qui veut survivre, d'où tout procède.

A priori aussi, on peut penser que ces règles ne sauraient non plus être les mêmes selon qu'on est puissant ou misérable : le puissant a du temps devant lui ; il n'est pas – du moins le croit-il – pris par l'urgence. Le plus faible, au contraire, doit d'abord et seulement – croit-on – penser à sa survie immédiate. En réalité, les différences entre l'une et l'autre situations ne sont pas si grandes : ayant conscience de la précarité de leurs privilèges, les plus puissants vivent dans l'instant, gaspillent et accaparent le plus possible ; les plus pauvres savent que, n'ayant rien à attendre de personne, ils doivent absolument préparer leur avenir.

Même si chaque période exige ainsi des stratégies de survie particulières, même si la nôtre protège tant les plus riches qu'elle atrophie parfois, chez eux, l'appétence et l'ardeur à lutter pour leur survie, même si chaque situation requiert à l'évidence de chaque personne ou entité des pratiques spécifiques et, surtout, l'assistance d'experts idoines – médecins, militaires, juristes, d'autres encore –, toute stratégie de survie devra obéir aux mêmes règles inlassablement précisées, affinées, améliorées de siècle en siècle.

Pour définir ces stratégies, il convient d'abord de revenir à celles que définirent les Anciens, si nombreuses et en apparence si contradictoires : les peuples nomades, qui constituèrent la totalité de l'humanité pendant des dizaines de millénaires, expliquent que pour traverser des déserts, des océans, des forêts ou des labyrinthes (dont celui de la vie), l'homme doit toujours se plier aux mêmes recommandations : avoir de l'intuition, voyager léger, ne pas craindre l'échec, s'entêter, avancer sans se poser de questions. Pour d'autres peuples premiers, comme par exemple les Indiens yaqui de Basse-Californie, l'homme doit, pour survivre, se préparer à affronter quatre ennemis principaux : la Peur, la Clarté, le Pouvoir et la Mort ; autrement dit, il doit refuser de s'abandonner à la peur ; ne pas penser qu'il sait tout sur tout ni qu'il peut tout sur tous ; quant au dernier ennemi, la Mort, il ne peut qu'apprendre à en retarder la victoire. Certains philosophes grecs enseignent qu'il faut s'aguerrir et se préparer à toutes les violences ; d'autres assurent, comme avec eux les penseurs bouddhistes, qu'il faut au contraire se maîtriser, s'éloigner de toute source de souffrance et, pour cela, s'astreindre à la non-violence.

Il convient ensuite d'étudier les théories expliquant la survie de telles ou telles espèces animales : selon Darwin, en particulier, seules les plus adaptées sont aptes à survivre ; d'autres – biologistes et éthologues – soutiennent à l'inverse qu'une adaptation trop poussée réduit la capacité à résister à des chocs ou cataclysmes inattendus, et que les espèces les plus vulnérables progressent mieux en termes de résistance, du fait même de leur faiblesse initiale (l'exemple de l'homme, ce « singe nu », est patent).

Il faut encore explorer les milliers d'essais et les théories (certaines regroupées sous le vocable « cindynique ») tendant à expliquer comment des individus ou des groupes humains ont survécu à un naufrage, un accident d'avion, une épidémie, un massacre, un grave danger, un deuil, une détresse, un choc émotionnel, un désespoir professionnel, une crise économique. De même est-il utile de consulter les témoignages de ceux qui traversèrent des époques terribles. Ainsi, l'abbé Sieyès explique-t-il qu'il n'a survécu à la révolution française qu'en réussissant à ne jamais prendre parti ; Ben Gourion raconte que seuls les plus pessimistes ont pu sortir vivants des camps de la mort (les livres de Robert Antelme, Primo Levi, Aharon Appelfeld sont ici incontournables). Par ailleurs, par milliers se comptent les romans et les films qui dispensent des leçons de survie en faisant endurer par procuration à leurs lecteurs ou spectateurs des situations extrêmes ; on apprendra ainsi beaucoup à lire ou relire les grands romans de formation comme *Les Misérables* de Hugo, *Le Rouge et le Noir* de Stendhal, *Oliver Twist* de Dickens, *Demian* de Hermann Hesse, ou, à propos justement des Indiens yaqui, *Les Enseignements de Don Juan*, de Carlos Castaneda.

On devra encore s'inspirer des techniques de survie auxquelles recourent aujourd'hui les plus pauvres, pour qui chaque instant recèle une menace : intense envie de vivre, grande conscience des dangers, connaissance approfondie de l'environnement, imagination fertile, capacité à s'adapter, à trouver d'improbables alliés, à échafauder des solidarités et des loyautés, à transformer la menace en enrichissement, à exercer plusieurs types de métiers, à « ne pas mettre tous ses œufs dans le même panier », à gérer des dizaines d'emprunts et placements impliquant des risques différents.

Il ne sera pas superflu, enfin, d'étudier les techniques de certains sports fondés sur la recherche de la durée dans des conditions de grande instabilité, comme le rodéo ou le surf. Ce dernier exige par exemple d'avoir une connaissance approfondie des lois de la houle, la capacité d'anticiper les vagues pouvant surgir derrière la lame principale, de se préparer à un choc subreptice, d'éviter d'autres surfeurs ; alors qu'un débutant ne cherchera qu'à rester debout, un surfeur chevronné en saura assez long pour accélérer, ralentir, voire décider de se laisser tomber volontairement s'il lui faut esquiver un obstacle imprévu.

Découle de tout ce qui précède un ensemble de constatations et de recommandations valables pour les individus comme pour tous types d'organisations :

Les principales constatations sont que la survie n'est pas que l'affaire de l'instant présent, mais qu'elle se joue sur le long terme ; qu'elle ne réside pas que dans la conservation, mais dans le dépassement ; qu'elle n'est pas pari sur l'unité, mais sur la diversité ; qu'elle dépend moins de la prudence et de la précaution que de l'audace ; qu'elle n'est pas invite à la destruction des autres, mais à la construction de soi ; qu'elle n'implique pas la compétition, mais la coopération et la recherche d'alliés.

Il en découle que bien des comportements dénoncés comme néfastes, voire pathologiques ou dangereux, ont été en fait développés pour mieux affronter des dangers pesant sur chacun de nous, et qu'ils peuvent donc servir de premières approches des règles de survie à adopter. Par exemple, la paranoïa, dans de très strictes limites, permet de rester aux aguets et de déceler les ennemis de l'extérieur. De même l'hypocondrie, si elle reste modérée, peut servir à prévenir contre les ennemis de l'intérieur. De même encore la mégalomanie, si elle demeure cantonnée dans les bornes de la lucidité, permet de viser l'excellence, de s'assigner des objectifs ambitieux et de se réaliser.

Au total, il m'a semblé que les principales recommandations surgies ainsi au fil des siècles de ces sagesses et savoirs accumulés, renvoient à sept règles simples, indispensables à la survie de tout être vivant et que je crois possible de résumer comme suit : avoir conscience de soi, vouloir durer, comprendre son environnement, résister aux menaces, se renforcer par elles, pouvoir changer radicalement et enfin être préparé à rompre toutes les amarres.

Ces sept directives forment une stratégie cohérente et universelle, efficace en toutes circonstances, pour les individus comme pour les entreprises, les nations et l'espèce humaine.

Leur mise en œuvre sera déclinée aux chapitres suivants pour chaque type d'organisation.

Elles peuvent, à mon sens, être exprimées dans un ordre précis par les concepts suivants : Respect de soi. Intensité. Empathie. Résilience. Créativité. Ubiquité. Pensée révolutionnaire.

En voici une présentation liminaire, avant d'entrer dans le détail de leur application, aux chapitres suivants, à chaque personne physique ou morale.

1. LE RESPECT DE SOI. Pour survivre, pour faire face aux menaces et aux bouleversements, il faut d'abord le vouloir et, pour cela, avoir conscience de soi, se respecter, prendre soin de soi, exprimer sa raison de vivre, définir ses propres valeurs, leur donner un sens concret, les afficher et les mettre en œuvre. Si la mégalomanie en est une des formes extrêmes, beaucoup de

gens ou d'organisations n'ont pas même conscience de ce qu'ils sont, n'éprouvent aucun respect pour eux-mêmes, sont même parfois animés d'une certaine haine de soi et n'ont pas la moindre idée d'une éventuelle raison de vivre. Ceux-là ne sont à l'évidence pas préparés à lutter pour leur survie et sont les premiers à lâcher prise. Ils ne durent pas.

Le premier principe est donc d'être précieux à ses propres yeux, de ne pas se haïr, d'attacher de l'importance à sa propre durée comme à ses propres valeurs, en somme de faire preuve de vouloir-vivre, de raison d'être. Cette énergie, cette vitalité conduisent aussi à penser non pas seulement à « survivre », mais à « sur-vivre », c'est-à-dire à vivre *plus*. Cela exige un travail permanent sur soi, une impatience d'exister, de devenir pleinement soi-même, de prendre soin de soi, un goût pour l'excellence, un surcroît de conscience. Ce qui conduit à agir comme si l'on n'avait rien à attendre que de soi-même, comme si l'on ne pouvait en fait compter que sur soi, comme si soi pouvait seul exprimer sa propre raison d'être.

Le respect de soi implique aussi de montrer autant de respect pour les autres, pour tous les autres, et, pour cela, d'aiguiser sa propre lucidité tant à leur égard qu'au nôtre.

Aux yeux de beaucoup, le respect de soi ne peut découler que d'une analyse approfondie des raisons qui pourraient amener à ne pas se respecter, à ne pas se donner de raison d'être ni de raison de vivre. Pour d'autres, il peut résulter d'un événement particulier, d'un choc qui donne à mesurer l'importance et l'unicité de chaque instant de la vie.

2. L'INTENSITÉ. Pour les individus comme pour les organisations, le temps est le seul bien dont la rareté soit absolument avérée. Une fois qu'on a pris conscience de soi, il convient donc de se préparer à vivre intensément le temps qui nous reste : d'une part, vivre chaque instant comme s'il était le dernier, penser en permanence à se comporter en vivant, à vivre debout, à sur-vivre ; d'autre part, se construire une image de soi, un projet à vingt ans, aussi précis que possible, tenter perpétuellement de le réaliser, tout en l'infléchissant au gré des circonstances.

3. L'EMPATHIE. Une fois pris conscience de l'importance de soi pour soi, et après s'être fixé un projet de vie dans l'instant et sur la durée, il convient de se doter des moyens d'évaluer les menaces qui peuvent surgir de la nature et des autres – individus, nations, entreprises. Appelons cette faculté *empathie*, ou encore, d'un autre beau mot aujourd'hui si galvaudé, *spéculation* (capacité de prévoir l'avenir, du latin *speculum*, miroir, qui évoque justement la nécessité de comprendre l'image que le monde nous renvoie). L'empathie englobe aussi ce qu'on nomme en doctrine diplomatique la *sécurité profonde*, c'est-à-dire la faculté de sonder autrui pour mieux prévoir ses agissements à notre endroit. Les entreprises et les nations en ont également l'usage sous le vocable d'*intelligence* ou de *veille*. L'hypocondrie et la paranoïa en sont des formes extrêmes.

Pour accéder à cette empathie, il est nécessaire de mener d'abord une étude approfondie de ce qu'on peut attendre du futur – une étude du type de celle qui ouvre ce livre – en apprenant à se mettre à la place des autres, pour anticiper leurs comportements dans les diverses situations possibles ; et de nettement faire la distinction entre adversaires et alliés potentiels. Parmi les premiers, il y a les irrationnels, qui ne s'opposent que pour se faire plaisir, et il y a ceux qui, au contraire, ont des raisons rationnelles de s'opposer pour survivre. Parmi les alliés, il faut distinguer les « complémenteurs », c'est-à-dire ceux dont les activités sont complémentaires de celles du sujet, en amont ou en aval, et qui, par là, peuvent l'aider à faire mieux (parents ou proches pour un individu, entreprises sous-traitantes ou vendant des produits qui incluent celui de l'entreprise, nations voisines et alliées ou fournisseuses de ressources et matières premières indispensables).

L'empathie conduit ainsi à identifier des alliés, à constituer un réseau, à nouer des accords, à accueillir les autres chez soi ; à échapper à l'irénisme qui conduit à tolérer les menaces par un désir irraisonné de conciliation ; elle peut déboucher sur l'altruisme, même intéressé, sur l'amitié, sur la sympathie, sans se réduire pour autant à elles ; elle peut aussi amener à comprendre qu'un adversaire a raison, de son propre point de vue, sans qu'on soit tenu pour autant de s'y rallier.

Une telle étude des autres, une telle façon d'entrer dans la pensée des autres implique une profonde connaissance de soi, une claire vision de son propre projet de vie. Le Bouddha disait : « Lorsque l'on se connaît soi-même, on connaît le monde et, lorsque l'on connaît le monde, on se connaît soi-même. »

L'empathie suppose respect de soi et intensité. Elle rend possible la résilience.

4. LA RÉSILIENCE. Une fois identifiées les menaces, le quatrième principe – pour un individu, une entreprise, une nation – consiste à se doter des moyens de ne pas pâtir de leur occurrence. Cela a pour nom *résilience*. Elle exige d'avoir assez bien ménagé ses arrières pour ne pas tout perdre si vient à se produire une catastrophe, un bouleversement politique, une guerre, une crise économique, un licenciement, une maladie grave, une rupture. Elle vise à se mettre en situation mentale et matérielle de résister à un choc, de supporter sans s'effondrer une déception, un échec professionnel ou sentimental. Pour une personne ou pour une entreprise, elle conduit par exemple – comportement essentiel en particulier dans la crise économique actuelle – à ne pas confier toutes ses économies à un seul banquier ; à ne pas tout miser sur un seul investissement ; à ne pas se contenter, dans un immeuble, d'une seule issue de secours ; à ne pas s'en remettre exclusivement à une formation hyperspécialisée ; à ne pas croire qu'on fera le même métier toute sa vie.

À défaut de plans d'action parfaitement préparés, face à chaque menace évoquée plus haut, il faut élaborer des stratégies de réaction rapide pour résister à un phénomène adverse imprévisible, disposer de plusieurs moyens de remplir une même fonction, assurer contre les risques, garantir en tout cas la restauration des dommages.

La résilience ne doit pas se réduire à la mise en œuvre d'un principe de précaution paralysant le goût du risque : la préparation aux conséquences de la matérialisation d'un risque économique, politique ou psychologique doit au contraire inciter à prendre davantage de risques. Une fois vérifiée la fiabilité du parachute, il faut sauter ! Une fois passée en revue la *check-list*, il faut décoller ! Une fois assurée la protection, il faut oser !

5. LA CRÉATIVITÉ. Si un des périls décrits aux deux premiers chapitres vient à se concrétiser et si la résilience ne suffit pas à en atténuer l'impact, s'il devient manifeste que l'occurrence répétée de ce danger va conduire à la mort de la personne ou de l'entité, il faut apprendre à le transformer en opportunité, à faire du manque une occasion d'innover, à retourner la force de l'adversaire contre lui, à envisager tout problème comme un défi, à trouver du sens à son insatisfaction psychologique en l'inscrivant dans un projet, à faire d'un adversaire un possible allié, d'une pénurie une source d'abondance ; à comprendre aussi qu'en général, quand on est confronté simultanément à deux problèmes, l'un est souvent la solution de l'autre. Et pour s'en donner les moyens, se doter d'autant d'alliés que possible, attirer des talents – en cela, tous les principes énumérés précédemment sont nécessaires à la créativité, elle-même précondition de la mise en œuvre du sixième principe.

6. L'UBIQUITÉ. Si les autres comportements de survie ne suffisent pas, si le pronostic vital est engagé, si on ne peut faire de la faiblesse une force, l'individu ou l'organisation doit pouvoir changer de pied et vivre tout autrement ; si il ou elle ne peut transformer son adversaire en

allié, si l'adversaire va l'emporter et tout détruire, il faut alors se résoudre à rechercher sa neutralité ou sa bénévolence ; à accepter la règle du jeu qu'il fixe, que cet adversaire soit la nature elle-même ou une nation, une entreprise ou un individu. À cette fin, il convient autant que possible de rester dans l'ambiguïté, de se préparer à mener plusieurs vies successivement ; et même, si nécessaire, et c'est essentiel, simultanément. Et, pour cela, d'apprendre, comme individu ou comme organisation, à découvrir le meilleur chez les autres, à se l'approprier, à s'imprégner de leurs cultures, à apprendre d'elles et à s'inspirer de leurs convictions : l'empathie prépare à l'ubiquité. Ainsi firent parfois les marranes, les nations conquises, les entreprises rachetées.

L'ubiquité ne doit cependant pas aller jusqu'à renoncer à ses propres principes, à ses propres valeurs, à entamer ou perdre le respect de soi. Elle ne saurait venir en contradiction avec les autres principes, même si les circonstances exigent, comme pour les marranes, de les vivre en contrebande. Vladimir Jankélévitch écrivait à ce propos : « La conscience en réalité se trouve prise entre deux contradictions : ou le bien, sommé d'être bon à tout prix, se niera lui-même, ou le bien, plus soucieux de survivre, sera provisoirement infidèle à soi. » Il est en effet des circonstances extrêmes où le respect de soi exige de prendre le risque de ne pas survivre, et, dans ce cas, de tenter le tout pour le tout, y compris de faire la révolution. Marranes et résistants l'ont bien montré.

7. PENSER RÉVOLUTIONNAIRE. Enfin, quand aucune autre issue n'est possible, qu'on est acculé d'une

façon ou d'une autre, que la conversion aux valeurs adverses est moralement impossible, ou qu'elle ne peut être qu'une tactique provisoire pour se préparer à la révolte, il faut se préparer à renverser la table, à s'affranchir des lois et conventions, à s'opposer par tous les moyens, même illégaux, à des décisions mettant en jeu sa propre survie – à prendre le risque de mourir pour être digne de vivre. La légitime défense est ainsi, par définition, révolutionnaire.

C'est alors l'occasion par excellence de retrouver, par l'action révolutionnaire, les racines du respect de soi, de redéfinir les fondements de son identité, de réaffirmer au plus haut ses valeurs. Ainsi se renforcent mutuellement ces sept principes, qui forment un cercle, le septième renouant avec le premier.

*

J'ai conçu et formulé ces sept principes de telle façon qu'ils vaillent à la fois face aux enjeux collectifs exposés aux deux premiers chapitres et face aux enjeux personnels de chacun, de la personne à l'espèce humaine en passant par l'entreprise et la nation, chacun de ces niveaux influant sur les conditions de la survie des autres.

Pour un individu, ils s'appliquent à la survie dans toutes les crises : dans une crise sentimentale, il faut savoir se tenir sans déchoir, vivre l'instant, comprendre le point de vue de l'autre, résister à sa critique, apprendre d'une rupture pour s'améliorer, et même, si nécessaire, pour changer radicalement de vie ; enfin, ne respecter aucun conformisme social imposant une conception particulière de la fidélité ou de l'amour, ou menaçant ses propres valeurs.

Ils s'appliquent aussi bien à toutes les personnes : au débutant qui cherche quelle voie suivre pour réussir, à l'adulte qui se remet en question, au puissant comme au faible.

Ils s'appliquent aussi à l'entreprise qui, pour affronter crises et mutations décrites plus haut, doit définir ses valeurs, se doter d'un plan à long terme, bien connaître ses concurrents et partenaires, attirer des talents, s'assurer contre les risques, innover, se préparer à changer de métier et, dans les cas extrêmes, à s'insurger contre des lois et réglementations destructrices.

Ils s'appliquent encore à une nation qui doit, face au risque de déclin, affirmer son identité, des valeurs, un projet de société, avoir l'intelligence de ses ennemis et attirer des alliés, se doter d'une défense, d'une capacité de faire face aux manques, d'une aptitude à se réformer radicalement ; et même à prendre l'offensive en cas de légitime défense.

Enfin, ils s'appliquent à l'humanité entière, qui doit prendre conscience de sa mystérieuse raison d'être, de la globalité de son destin et de ce qu'il implique, en déduire un projet à long terme, comprendre ce qui la menace, se doter des moyens d'y résister, de s'adapter, de se réinventer, même, dans la fidélité à ses valeurs.

Ces principes, conditions de la survie aux crises, requièrent à chaque niveau de leur mise en œuvre un constant travail d'introspection et d'apprentissage, une implacable exigence envers soi-même, une réévaluation permanente de sa raison d'être, des menaces, des tendances, des alliances, des opportunités ; un réexamen de ses propres valeurs, de ses objectifs et de la stratégie de leur mise en œuvre.

Tout cela est la vie même. De tout cela dépend la vie.

CHAPITRE 4

Pour survivre – les gens

Depuis l'aube des temps, en particulier dans les bouleversements et les crises décrits plus haut, chaque être humain est confronté à mille dangers : faim, détresse, précarité, déloyauté, échec professionnel ou personnel, chômage, stress, surendettement, ruine, adversités de la nature, violences, maladie, douleurs, mort. Certains de ces dangers – le chagrin, la maladie, la mort – sont inhérents à la condition humaine ; d'autres, comme la déloyauté ou la précarité, évoluent avec les mœurs, les comportements, les formes de société – nomades ou sédentaires, riches ou pauvres, religieuses ou laïques, totalitaires ou démocratiques libérales ou social-démocrates ; et selon les évolutions démographiques et les crises économiques.

Confronté à ces menaces et à ces dangers, nul *a priori* ne souhaite déchoir, se retrouver au chômage, faire faillite, souffrir, mourir. Pourtant, nombre de philosophies considèrent, et amènent les gens à penser, qu'ils ne valent rien, qu'il ne leur servirait à rien de se prendre au sérieux et que, de toute façon, ils ne peuvent avoir d'influence sur leur propre destin, déterminé par Dieu ou par des forces matérielles qui les dépassent, telles celles du marché, « main invisible » érigée en destin énigmatique et impitoyable. Ainsi, face à une catastrophe naturelle, une épidémie, un massacre de masse, une crise économique majeure, beaucoup renoncent et se résignent, par stoïcisme ou abandon.

D'autres, incorrigibles optimistes, pensent que tout ira toujours pour le mieux, qu'il n'est nécessaire de se préparer à rien, qu'aucune menace ne saurait les atteindre, aucune crise les concerner, aucun désastre les toucher, que tous les déséquilibres finissent par se résorber, que tous les orages ont une fin, au moins pour eux.

D'autres encore, faisant porter à la société, souvent à juste titre, la responsabilité de leurs difficultés, considèrent que leur vie ne pourra pas être améliorée, qu'aucune crise, même personnelle, ne pourra être résolue, aussi longtemps que le système social et politique dans lequel ils vivent ne sera pas globalement réformé. Ils estiment donc que c'est d'abord à la société de les prendre au sérieux et attendent tout d'une réforme d'ensemble à laquelle ils s'efforcent parfois – pas toujours – de participer.

D'autres encore jugent que leur épanouissement et leur survie doivent être d'ordre purement intellectuel ou spirituel, et que leur forme physique n'a guère d'importance. Ils oublient que, sans sauvegarde et maîtrise des énergies internes, sans soin accordé à sa personne, les capacités intellectuelles finissent en général par décliner elles aussi.

D'autres encore, altruistes absolus, croient que, dans ces tourments et perspectives d'avenir, leur propre bonheur ne compte pas et que seul importe celui des autres. Ceux-là s'occupent des malades, des chômeurs, des pauvres, de l'écologie ou de toute autre cause, en s'oubliant eux-mêmes. Ils ne veulent pas voir que pour aider les autres à être heureux, il convient d'abord de faire en sorte de l'être soi-même ; et que, s'ils prétendent sacrifier à autrui leur propre bonheur, c'est aussi qu'ils le réalisent en fait de cette façon.

D'autres encore pensent que, dans l'univers de rareté et de compétition qui s'annonce, leur survie exige avant tout l'élimination de leurs rivaux et concurrents. Ils ne veulent pas voir que la survie ne repose pas sur la destruction des autres (sauf cas extrême de légitime défense), mais avant tout sur la construction de soi, la compréhension des autres et la recherche d'alliés.

Parmi ceux qui aspirent à survivre – la très grande majorité des humains, même parmi les croyants –, la plupart, confrontés à des crises ou des menaces collectives décrites aux deux premiers chapitres, ou à une crise ou menace personnelle, commencent par en nier la réalité (la crise va vite s'éloigner ; la maladie n'est pas grave ; les prédicteurs ne sont que des oiseaux de mauvais augure ; les analystes ne sont que des pessimistes qui voient tout en noir et portent malheur) ; puis, si le danger se matérialise, ils se rendent compte que les décisions les plus importantes susceptibles d'assurer leur survie n'ont été ni prises ni préparées, et qu'il est trop tard : ainsi de ceux qui refusent d'admettre le diagnostic d'un médecin, ou de ceux qui ne se prémunissent pas contre une menace de surendettement, de licenciement, ou à une crise écologique, ou encore, à l'extrême, de ceux qui, menacés par le nazisme, refusèrent de quitter l'Allemagne dans les années 1930.

Conformément aux principes énoncés au chapitre précédent, survivre, « sur-vivre » requiert de chacun la mise en œuvre d'une stratégie à sept dimensions : une prise de conscience de soi, un désir de vivre, une profonde introspection, une grande lucidité sur ses forces et faiblesses, un désir d'excellence (*le respect de soi*) ; puis une volonté de vivre sa vie le plus intensément possible, à chaque instant, sans jamais en perdre une miette, selon un projet à long terme donnant des raisons de durer (*l'intensité de vie*) ; puis une capacité d'analyser la situation (en particulier d'appréhender et accepter les mauvaises nouvelles), une capacité d'analyser le comportement des autres, de comprendre ce qui peut émaner d'eux, d'évaluer leur loyauté, de les répartir entre alliés et ennemis (*l'empathie*) ; puis, pour ne pas risquer d'être détruit par une attaque, une préparation faite de la constitution de réserves, d'assurances, de voies de recours (*la résilience*) ; puis une faculté à détourner les forces hostiles pour en faire des atouts nouveaux (*la créativité*) ; puis une aptitude à changer, si cela se révèle nécessaire, de valeurs, de projet de vie, d'identité, à devenir autre sans cesser pour autant de se respecter (*l'ubiquité*) ; enfin, en cas extrême, une capacité de renverser tous les principes, d'agir hors des normes et des lois, en légitime défense, de façon littéralement *révolutionnaire*.

Ces principes s'appliquent dans toutes les situations décrites aux deux premiers chapitres : face à des menaces issues de crises politiques, économiques, financières, sociales ou physiques ; face aux tsunamis démographiques et géopolitiques qui s'annoncent, mais aussi aux crises personnelles. Ils valent pour le puissant comme pour le faible ; le débutant qui fraie sa voie comme l'adulte qui se remet en question.

Chacun de nous (moi le premier, qui ai le plus grand mal à les appliquer) devrait donc les comprendre, les pratiquer de façon d'abord virtuelle, puis réelle, puis – et c'est le plus difficile – vérifier à intervalles réguliers l'état de leur mise en œuvre, comme un pilote contrôle avant chaque décollage et chaque atterrissage une *check-list*, synthèse de toutes les menaces expérimentées antérieurement. Ces principes doivent devenir un élément naturel de la vie quotidienne pour faire face aussi efficacement que possible à l'énormité des bouleversements à venir, et en tirer le meilleur parti.

• *Premier principe* :
se prendre soi-même au sérieux

La première condition, en apparence banale, est d'attacher de l'importance à sa propre survie, à son propre bonheur. Et la première condition du respect de soi est justement de ne pas se laisser aller à croire que le destin s'impose, ni que la vie après la mort, si elle existe, exigerait le renoncement à toute action sur les conditions de son séjour terrestre. Il suppose ensuite de se prendre au sérieux, donc de ne pas se sous-estimer, ni de se haïr, de faire que sa propre vie devienne précieuse à ses propres yeux, de croire en l'existence d'une raison d'être, d'avoir en somme envie d'être fier de soi. Cela passe par une introspection, une méditation, une réflexion sur son unicité dans l'univers, que chacun doit ressentir et organiser à sa façon ; et un regard lucide sur ce qu'on est, sur la raison de son séjour terrestre, sur les principes dont on a pu s'écarter, sur le soin qu'on a pu négliger de prendre de cette unicité.

Le respect de soi suppose aussi de ne pas compter seulement sur le diagnostic d'autrui, même s'il s'agit de spécialistes, mais de se responsabiliser, de s'observer, de se maîtriser, d'être exigeant vis-à-vis de soi-même. Chacun doit agir comme s'il n'avait rien à attendre de personne, comme s'il ne pouvait compter que sur soi, en particulier en période de crise. Face à la menace d'un licenciement, d'une perte de pouvoir d'achat, d'une maladie, d'un malheur, d'un désastre écologique ou sanitaire, chacun doit dans un premier temps tabler sur ce qu'il peut faire, et non sur ce que les autres, individuellement ou collectivement, pourront lui apporter. De ce point de vue, les plus pauvres, abandonnés de tous, sont plus enclins au respect d'eux-mêmes et à la recherche d'alliances sincères que les membres de collectivités plus protégés.

Le respect de soi exige également de se prendre au sérieux sur le plan physique. C'est une trivialité qu'il convient de ne pas négliger : pas de survie sans vie ;

et la vie physique, si possible en bonne forme, est une condition préalable au reste. D'où l'importance de se contrôler, de maîtriser ses flux d'énergie internes, de pratiquer un sport, de se nourrir de façon équilibrée, de prendre soin de son apparence, de la tête aux pieds, d'aimer l'image de soi que renvoient les miroirs et les autres – et, si ce n'est pas le cas, de tout faire pour la changer. C'est accepter d'être connu des autres pour leur imposer sa présence et son rôle. Là encore, ne pas faire confiance à ceux, parmi les autres, qui voient dans l'effort déployé par quelqu'un pour se respecter un reproche indirect à leur propre laisser-aller.

Le respect de soi exige ainsi de se former et de se réformer sans cesse pour utiliser le meilleur de ses capacités, de n'être jamais satisfait de ce qu'on sait ni de ce qu'on peut, de viser sans répit l'excellence de sa raison d'être. En termes économiques, cela passe par un bilan régulier de ses compétences et par la remise en cause permanente de ses propres priorités ; en particulier par une connaissance approfondie des mutations à venir, décrites plus haut, et de ce qu'on peut faire pour apprendre à y évoluer positivement.

Le respect de soi exige également de préciser ses valeurs – ce qu'on entend par le Bien et le Mal –, ce sur quoi on n'est pas prêt à transiger ; de distinguer entre l'important et l'accessoire ; de choisir en particulier entre privilégier réussite professionnelle ou réussite personnelle, l'une n'étant d'ailleurs pas nécessairement exclusive de l'autre. De définir les éléments les plus importants de la vie selon soi : exercice particulièrement exigeant consistant à faire tenir en dix mots ses valeurs primordiales, les noter, les réviser en permanence. Et, ces mots-là, les élire parmi une liste où l'on pourra trouver : amour, amitié, passion, création, honnêteté, humanisme, non-violence, équité, politesse, savoir-vivre, écoute, propreté, élégance, etc. Difficile exercice !

Le respect de soi suppose également de prendre au sérieux ses propres valeurs, de tenir les promesses qu'on s'est faites à soi-même. Tout comme celles faites aux autres. Il fixe aussi les limites de ce qu'on peut accepter de faire pour survivre.

Le respect de soi exige donc d'être lucide sur ses propres capacités à se montrer lucide, sur ce qui ne va pas en soi, physiquement et intellectuellement, sur ce qu'on peut attendre et espérer de soi-même. Ce qui suppose d'être prêt à admettre la réalité de très mauvaises nouvelles ou de perspectives difficiles, telles qu'elles s'annoncent aux chapitres précédents ; d'être aussi préparé à y saisir des opportunités. Il implique aussi de ne pas trouver plaisir à être malheureux, de ne pas chercher à tout prix à être plaint ou consolé. Il requiert de faire le compte de ses faiblesses, d'analyser et comprendre ses échecs, en particulier de cerner les risques personnellement encourus et leurs potentialités, même improbables, de les accepter, de ne pas se mentir, de ne pas s'épargner, donc de ne pas esquiver la vérité sur soi, sur les secrets de famille qu'il faut aller chercher au plus profond de soi, sur ce qui forge toute personnalité dans le non-dit. Même si tout cela peut paraître éloigné des conditions de survie face aux crises énoncées plus haut, il faut en voir en fait les véritables fondements, les conditions d'un désir de vivre, d'une vitalité nécessaire à toute forme d'action, d'un dépassement des difficultés matérielles et morales.

De même, trouver des alliés et savoir les garder – y compris, si nécessaire, en période de précarité et de déloyauté –, commande de se respecter : quiconque ne se respecte pas ne saurait être respecté, chacun tendant à être traité par autrui comme il se traite lui-même.

Pour y parvenir, de très nombreux savoirs particuliers ont été développés, du taoïsme au bouddhisme, de la psychanalyse aux neurosciences. Les connaître, les approfondir est une des conditions d'exercice du respect de soi.

Au total, celui-ci exige force intérieure et travail sur soi, lucidité et intériorité, intégrité et courage. Il conduit en particulier à se désintoxiquer des modèles inhérents aux sociétés gaspilleuses dont il a été question plus haut, à ne pas consommer les produits et emblèmes de la vanité sans y être contraint par les crises, à ne pas accepter d'être réduit à ce qu'on a, mais reconnu pour ce qu'on est ; à revendiquer le strict respect de ses valeurs et de ses droits en tant que citoyen, consommateur et travailleur, pour ne pas être écrasé par les grands craquements de l'Histoire.

Un tel comportement est source de sérénité, de force intérieure, en même temps que d'une rage d'être au meilleur de soi-même, dans le refus de la résignation. Il conduit à développer des qualités très spécifiques, particulièrement nécessaires face aux menaces déjà décrites : exigence, lucidité, intégrité, capacité de décision rapide, compassion, honnêteté, humilité, douceur, maîtrise, écoute des autres.

• *Deuxième principe* :
donner de l'intensité au temps

Survivre revêt par définition une dimension temporelle : c'est d'abord vivre le plus longtemps et le plus intensément possible. C'est donc évidemment prendre grand soin de son corps et de son esprit – ce qui rejoint les consignes sur le respect de soi. D'où l'importance du soin apporté à sa santé, et pas seulement à sa forme physique : l'intensité ne se réduit pas au respect de soi.

Donner de l'intensité au temps exige ensuite de se doter, à échéance de vingt ans au moins, d'un projet de vie sans cesse remis à jour et sans cesse prorogé, sur le plan tant personnel que professionnel, pour ne pas mourir avant de l'avoir mis en œuvre, et en l'inscrivant aussi, si tel est son désir, dans le cadre d'une famille, d'une entreprise et/ou d'une nation. Cet exercice complexe requiert de forger l'image mentale de celui qu'on pourra être vingt ans plus tard, de se voir autre dans un temps différent, de se préparer à le devenir et d'élaborer un projet précis pour cet être en apparence si différent de soi. Cela exige d'admettre que la vie ne se réduit pas à la gagner. Cela requiert de confronter ce projet à ce qu'on sait de l'évolution du monde. Exercice ardu, auquel il faut se préparer et qui aide, on le verra, à anticiper les risques et à apprendre à les transformer en promesses. Cela implique de chercher si le mot *vocation* a pour soi un sens, et de se donner les moyens de la mettre en œuvre. L'absurdité des missions imposées, l'incohérence des projets aliénants, l'ignorance des buts proposés amènent alors à éprouver une peur salutaire de l'échec et de la soumission, pire même que celle de la mort.

Donner de l'intensité au temps, c'est enfin faire en sorte de vivre chaque instant le plus pleinement possible, comme s'il était le dernier. Dans un monde de plus en plus précaire et déloyal, c'est ne rien abandonner à l'ennui, sauf s'il est un choix. En particulier, accorder la plus grande valeur à un usage non marchand du temps, à la conversation, à la surprise, au rire, à la tendresse, à l'amitié, à l'art et à l'amour ; reconnaître de l'importance au temps passé à bénéficier d'un plaisir, plus qu'à son appropriation : lire un livre plutôt que de le regarder de loin, bien rangé dans une bibliothèque ou posé sur une table de chevet ; assister à un concert plutôt que d'empiler les CD ; faire un voyage ayant du sens plutôt que de changer de voiture ; vivre l'acte d'acheter et celui de consommer comme une expérience, comme un sujet de connaissance, de conversation, d'échange, inscrit lui aussi, comme tout acte de la vie, dans le court et le long terme, l'instant et le différé. Et, pour cela, l'insérer dans un système de valeurs, un projet, un regard sur le monde.

• *Troisième principe* : se faire une opinion personnelle du monde par l'*empathie*

De tout temps, pour survivre, les gens ont dû chercher à scruter et comprendre leur environnement, à tenter de prévoir et prévenir les événements. Ils ont dû chercher, dans le respect de soi, à être lucides et à ne pas se raconter d'histoires ; à n'être ni excessivement crédules ni exagérément optimistes ; à deviner le comportement à leur endroit de la nature et des autres humains ; à identifier des ennemis et à se faire des alliés. Ils ont développé à ces fins des savoirs particuliers, de l'astrologie à l'astronomie, de la météorologie à la physique, de la science économique à la stratégie militaire.

Chacun doit tenter d'utiliser au mieux ces savoirs, et d'abord s'informer sur ce qui l'attend dans le monde, tel que décrit aux deux premiers chapitres de ce livre : des menaces (ruine, chômage, surendettement, perte de revenu...), mais aussi des chances (progrès en matière de santé, d'éducation, d'habitat, de transport...).

Tout en utilisant l'avis des meilleurs experts auxquels il puisse avoir accès, nul ne doit se contenter de l'opinion des autres. Nul ne doit se rallier, sur l'analyse de ce qui le concerne, au point de vue majoritaire. Chacun doit refuser de croire qu'il peut apprendre la vérité en écoutant la rumeur. Chacun doit se faire une opinion personnelle sur ce qui le menace en propre ; et évaluer les biais de sa propre réflexion, en particulier face aux périls évoqués plus haut.

Comme il est souvent impossible de prévoir avec précision le cours des événements, et surtout, pour les crises dont on a parlé, leur date d'occurrence, il faut s'efforcer de prévoir, *en se mettant à leur place*, l'enchaînement complexe des réactions des uns aux actions des autres. Cela exige de bien analyser son environnement personnel et professionnel, d'essayer d'intérioriser le ressenti des membres de sa propre famille, de ses professeurs, de ses employeurs, de ses collègues, de ses amis, de ses consommateurs, de ses compétiteurs, de ses amis, de ses ennemis, pour deviner et comprendre leurs points de vue ; ce qui revient notamment à chercher à voir les autres tels qu'ils sont, et non comme on voudrait qu'ils soient ; et, si possible, à les écouter pour en faire des alliés.

Une des techniques les plus efficaces pour se faire une opinion sur le caractère de quelqu'un et sur ses comportements à venir consiste à chercher à retrouver dans son visage d'adulte celui qu'il fut, enfant. Si, ce faisant, on peut l'y reconnaître, c'est en général qu'il en a conservé la fraîcheur et l'intégrité, et on peut faire alliance avec lui. Sinon, c'est qu'il s'est construit sur la négation de ses rêves d'enfant, qu'il vit dans le conflit, qu'il ne se respecte pas, qu'il est aigri, amer, prêt à tout, sans loyauté.

Cette *empathie* peut, en certaines occasions, devenir sympathie, et conduire à accueillir chez soi ou près de soi, avec plaisir, ceux qui peuvent devenir des alliés, des « complémenteurs », en aval ou en amont de sa vie professionnelle ou personnelle. À pratiquer un altruisme intéressé. Dans certains cas, il devient ainsi possible de coopérer avec des concurrents qui peuvent à leur tour devenir des « complémenteurs », c'est-à-dire des partenaires au sein de la même chaîne familiale ou professionnelle. L'empathie permet aussi de connaître ses ennemis, donc de ne pas en avoir peur, de ne pas les mettre en situation de légitime défense ; de comprendre que, parfois, son compétiteur, son rival, son ennemi économique, social, politique ou personnel peut aussi avoir ses raisons, et même, peut-être, avoir tout simplement raison ; de ne pas croire à tout ce que disent les institutions politiques, sociales, bancaires. C'est particulièrement utile dans la crise actuelle où il s'agit d'identifier si un employeur, un banquier ou un partenaire mérite notre confiance.

Pour y parvenir, là encore, il faut développer des qualités particulières : curiosité, faculté de comprendre les valeurs et pratiques propres à d'autres cultures et se couler dans leur pensée ; savoir utiliser le langage des autres ; savoir décoder des messages culturels (verbaux et non verbaux) différents ; accepter des influences et expériences culturelles divergentes ; s'inspirer de sources culturelles diverses et trouver des synergies entre elles. L'hypocondrie et la paranoïa peuvent se révéler des formes extrêmes de ces dispositions qu'il faut alors cultiver, tout en maîtrisant leurs manifestations, dans l'écoute et l'humilité.

• *Quatrième principe* : être capable de résister à une attaque – la *résilience*

Comme les dangers peuvent malgré tout se matérialiser, il convient de se mettre en situation de résister à un choc ; de supporter sans s'effondrer une déception ou un échec professionnel ou sentimental ; de ne pas succomber à la perte d'un soutien, d'un allié, d'une activité, d'un être cher, d'un banquier, d'un emploi, d'un client, d'un patrimoine, d'un pays d'accueil, d'une source de plaisir. Il faut avoir assez bien ménagé ses arrières pour résister à une catastrophe, un licenciement, une crise. En particulier, être préparé à ne pas tout perdre en cas de déloyauté de ses partenaires, publics ou privés. Car tous ces événements sont plausibles dans les tourbillons des crises et des évolutions évoquées plus haut.

Il faut, en prévision, se donner de la redondance, à tout le moins mettre en place des plans de crise, des stratégies de réaction rapide. Cela s'appelle la *résilience*.

Elle conduit notamment à vérifier sa propre capacité à ne pas dépendre, en cas de crise, d'un seul métier, d'une seule formation, d'une seule compétence, d'un seul lieu de vie ou de travail, d'une seule source de revenu ou d'emprunt ; à apprendre à se trouver à l'aise à la fois comme salarié et comme entrepreneur, employé et employeur, industriel et commerçant, ouvrier et cadre, artiste et fonctionnaire, consommateur et producteur, prêteur et emprunteur. À ne pas s'endetter au-delà de ses moyens de remboursement, à épargner et placer très prudemment son épargne, à bien analyser les produits financiers proposés, à disposer en permanence d'une trésorerie personnelle suffisante, à ne pas se livrer à des dépenses somptuaires au-delà de ses moyens. C'est se préparer à l'évolution, c'est se former, même seul si la société n'en fournit pas les moyens. Voilà qui suffirait presque à sortir indemne de la crise actuelle.

C'est aussi – et peut-être surtout – s'assurer contre les risques sociaux, économiques, financiers, écologiques, sanitaires déjà évoqués ; l'assurance est un des principaux outils de la résilience ; collective, si la société l'organise ; privée, si elle ne l'offre pas. Un des premiers devoirs de la société doit d'ailleurs être d'aider les plus faibles à disposer des moyens de la résilience, par l'impôt et le transfert. En leur absence, chacun doit prioritairement y pourvoir.

La résilience ne doit cependant pas conduire à l'immobilisme. Au contraire : savoir que l'on dispose de moyens de résister à des menaces permet de prendre des risques.

• *Cinquième principe* : détourner toute menace en opportunité – la *créativité*

Sous l'effet du stress, un individu perd souvent ses capacités d'innover alors même que c'est là que l'inventivité lui serait la plus nécessaire.

Car si la résilience ne fonctionne pas, si elle débouche sur le conservatisme, il faut se préparer à accueillir les menaces comme des réalités incontournables, chercher à les transformer en opportunités, en occasions de rebondir ; trouver du sens à une insatisfaction psychologique ; penser, comme au judo, à se servir comme d'un levier de la force de l'adversaire ; penser même que chaque menace, chaque échec, peut devenir l'occasion de changer de vie pour mieux servir sa raison de vivre, de changer de partenaires, d'aller ailleurs chercher le meilleur de soi ; prendre les menaces, les manques comme autant de raisons d'inventer, de rompre, de se transformer, fût-ce au prix de souffrances ou d'impolitesses.

En ces circonstances, il faut être préparé à partager, dans les situations les plus prosaïques, ce que ressentent l'artiste en panne d'inspiration, le scientifique confronté à une impossibilité, le militaire acculé dos au mur. Surgissent alors, sous la menace du pire – du chômage au tsunami – et, si l'on applique aussi les principes précédents, des ressources insoupçonnées, de nouvelles façons de penser, de chercher, de créer, d'agir, de sortir des sentiers battus ; au sens propre, de gagner sa vie, de produire un objet ou un service nouveau, de mieux servir les autres, de ne pas déposer les armes, de participer au monde nouveau en train de naître.

Ainsi de celui qui, réduit au chômage, crée son entreprise et fait fortune ; de celui qui, voyant son épargne disparaître, se remet au travail ; de celui qui, abandonné de son compagnon, va chercher au plus profond de soi de quoi séduire encore ; de celui qui, touché par la maladie, y puise une capacité redoublée à être lui-même, à se trouver, à donner un sens plein au temps, à accepter sa condition de mortel.

Attitude qui commande de développer là encore des qualités particulières (l'entêtement, la ruse, la créativité), de ne pas être paralysé par les menaces, de trouver dans les forces de l'ennemi une source d'énergie personnelle : ni anxieux pour soi ni anxiogène pour les autres.

Dans les limites de leur liberté, les consommateurs seront, face à ces menaces, de plus en plus les maîtres de l'économie. Ils élaboreront des stratégies de plus en plus sophistiquées pour payer le moins cher possible des produits dont ils vérifieront de plus en plus précisément la qualité réelle, en particulier la conformité aux exigences de la protection de l'environnement.

L'« achat malin » deviendra preuve d'intelligence, de créativité, face à la baisse du pouvoir d'achat, démonstration de la capacité à disposer des relations nécessaires pour faire de bonnes affaires. Consommer peu deviendra signe de désaliénation et contribuera à modeler un nouveau statut social. En particulier, la puissance de l'automobile ne sera plus signe de réussite.

Le consommateur prendra de plus en plus conscience, dans la crise, qu'il lui appartient d'être exigeant en termes de prix, de qualité, d'éthique, vis-à-vis de ceux qui lui proposent leurs services : commerçants, restaurateurs, industriels, professeurs, médecins, hommes politiques. Il privilégiera les circuits de distribution et les marques de distributeurs pratiquant les prix les plus bas ; il se reportera de plus en plus vers les commerces de proximité, les petits supermarchés et le *hard discount* où le nombre limité de références facilite les choix ; ailleurs, il n'achètera plus qu'en solde. Il recourra de plus en plus à des comparateurs de prix sur internet, dialoguera sur des forums, achètera en particulier sur les sites où il pourra ensuite revendre d'occasion.

La pression sur les prix des produits de consommation courante pourra inciter à penser que certains d'entre eux puissent même devenir gratuits : l'alimentaire, l'habillement, l'automobile, les voyages pourraient (au moins pour les produits d'entrée de gamme) être financés par de la publicité visible sur ceux qui accepteraient de devenir ainsi des hommes-sandwiches, lieux d'affichage des produits qu'ils consomment – ce que beaucoup acceptent déjà et même revendiquent en matière de mode. Les jeunes générations – qui ne changeront pas de comportement avec l'âge – achèteront de moins en moins de journaux, regarderont de moins en moins la télévision, mais pourraient accepter de servir de supports publicitaires à des produits de consommation courante, et utiliser gratuitement des abonnements téléphoniques interrompus par des messages publicitaires. Cette gratuité s'accompagnerait de nouveaux modes de financement comme l'abonnement, la publicité, la carte de fidélité, le mécénat et l'impôt.

Le consommateur tendra aussi, pour résister à la pression sur son niveau de vie, à préférer de plus en plus l'usage d'un produit plutôt que de se focaliser sur sa propriété. On peut imaginer une location très générale d'objets durables, comme c'est déjà le cas des vélos à Paris, ou des automobiles électriques comme c'est le cas en Grande-Bretagne, en Allemagne et en Suisse.

S'accélérera aussi, durant cette décennie, face à la crise écologique, une créativité nouvelle des consommateurs : les préoccupations environnementales arriveront bientôt en tête des critères d'achat, tous produits confondus, et la traçabilité écologique des produits revêtira de plus en plus d'importance aux yeux des consommateurs, qui l'imposeront de plus en plus fermement aux producteurs et aux distributeurs. Les hyper et supermarchés seront critiqués comme entraînant une surconsommation de carburant pour s'y rendre, ainsi qu'une déshumanisation de l'employé et du consommateur. L'arrivée du *peak oil* conduira alors à privilégier les petites voitures, celles dégageant moins de 120 grammes de CO_2 par kilomètre, ainsi que les voitures hybrides ; le diesel disparaîtra en raison de son impact négatif sur l'environnement en conduite urbaine. Conduire un 4×4 ne sera plus un signe d'appartenance à l'élite.

Principe plus difficile à mettre en œuvre que les précédents, la créativité exige donc de s'y préparer longuement, tout comme les deux suivants, encore plus ardus à pratiquer.

• *Sixième principe* : ne pas se contenter d'une seule identité – l'*ubiquité*

Si l'on ne trouve pas comment résister à la menace, ni comment la transformer en opportunité, il faut se préparer à tenter de fuir le danger, d'échapper à ce qu'on est, à devenir autre, intellectuellement, voire à partir ailleurs physiquement. C'est l'*ubiquité*.

Cette rupture possible à tout moment avec son identité, cette façon de vivre comme un oiseau sur la branche, ne se décrètent pas : elles se préparent. Elles exigent de vivre le plus léger possible, de ne s'encombrer d'aucun bien sédentaire, de n'accumuler qu'idées, expériences, savoirs, relations, biens et fortunes nomades, de penser sa raison d'être indépendamment de toute raison d'avoir. Autrement dit, de posséder le moins possible de biens immobiliers et le plus possible de biens nomades ; de ne pas dépendre d'une seule entreprise, ni même d'une seule famille ou d'une seule langue.

Cela exige donc une très intense préparation mentale, philosophique et matérielle, qui s'acquiert en particulier par une aptitude à changer radicalement de conception du temps ; à survivre alors même qu'on ne se réalise pas professionnellement ou personnellement ; à échapper à sa propre histoire, à l'image qu'on s'est fabriquée de sa propre vie, de sa famille, de ses ambitions, de ses valeurs, de sa réussite, de ses projets, de sa raison d'être ; à habiter ailleurs, à se réinventer plusieurs vies, à renoncer à toute son existence passée comme à une des formes transitoires de la vie, elle-même si passagère.

Il faut aller plus loin encore et s'interroger profondément, sincèrement – en sachant que cela peut arriver, et non comme un jeu –, sur sa propre capacité à assumer loyalement, pour survivre, des appartenances multiples, à participer à plusieurs cultures, à vivre en plusieurs langues, doctrines, religions ; à choisir des éléments des unes et des autres sans se laisser embrigader ou intégrer par l'une ou par l'autre ; à vivre des sincérités parallèles ou successives, voire – pari beaucoup plus audacieux – simultanées, en toute transparence. Tel le marrane souvent juif *et* chrétien, dans un monde qui veut le forcer à devenir l'un et à renier l'autre.

Survivre dans le monde qui vient exige donc d'être prêt à accepter pour soi des choix reconnus comme acceptables par d'autres.

Comme l'ont fait depuis si longtemps les nomades, les personnes déplacées, les immigrés clandestins, les réfugiés économiques et politiques, et, partout aujourd'hui, les plus déshérités des humains, il faut se tenir prêt, devant les bouleversements qui s'annoncent, à vivre dans toute ville, dans tout pays, dans toute langue, et à y exercer toute activité ; à appartenir à plusieurs tribus ; à ce que sa vie ne soit pas constituée d'un seul cadre, d'un seul lieu, d'une seule appartenance familiale, d'une seule relation sentimentale, d'un seul environnement professionnel, ni même d'amours ou de métiers uniques, voire successifs. Et même, si nécessaire, comme dans le cas des marranes, être prêt à vivre son identité en clandestinité.

Ce qui requiert en particulier d'être préparé à respecter celui qu'on pourrait être tenu de devenir, même s'il ne ressemble pas à l'image qu'on a pu se faire de soi, de ses valeurs, de son projet de vie initial, de sa propre raison d'être. Ce qui, à l'extrême, exige de se préparer à devenir le contraire de soi, à être lâche en apparence et ferme au fond de soi, dans une sorte d'ubiquité magnifiquement incarnée par le personnage que joue Dustin Hoffman dans *Little Big Man*, tour à tour Blanc et Indien dans les États-Unis de la fin du XIXe siècle, changeant de camp avec la victoire et s'appropriant l'identité du vainqueur, quel qu'il soit. Forme absolue du marrane qui apprend ainsi que le vrai réside dans le doute et le refus de toute vérité définitive.

L'ubiquité est ainsi, par définition, la vertu de celui qui vit dans la brèche entre deux mondes, qui ne croit plus en sa vérité initiale, qui ne croit pas davantage à celle qu'on veut lui imposer, et qui, dans le hiatus

144

entre ces deux certitudes, invente sa propre vérité et fait ainsi progresser le monde.

L'ubiquité ne doit cependant pas aller jusqu'à piétiner le respect de soi qui doit rester le socle de toute survie : il est des circonstances où la conscience de soi exige de courir le risque de ne pas survivre. Et de faire alors la révolution pour sur-vivre.

• *Septième principe* : penser révolutionnaire

Ne pourront survivre dans les révolutions à venir (et nous allons, on l'a vu aux deux premiers chapitres, en subir bon nombre à la fois) que ceux qui se révéleront capables de se montrer aussi révolutionnaires que leurs adversaires.

Car, si rien de ce qui précède ne suffit à assurer la survie, il faudra se tenir prêt à bousculer, à renverser toutes les règles.

Dans un monde où chacun peut, dans les crises impitoyables qui s'annoncent, être piétiné dans son identité la plus profonde, trahi dans ses amitiés les plus chères, oublié dans ce qu'il a d'essentiel pour les autres, il faut se tenir prêt à rompre avec tous les principes ; à prêter l'oreille avec indulgence aux idées les plus contre-intuitives ; à penser le monde comme un espace à beaucoup plus que trois dimensions ; à ne pas se laisser enfermer dans un seul paradigme. Il faut être prêt à la légitime défense, avec tout ce qu'elle implique. C'est de l'imagination rebelle et de la mise en question que se nourrit la capacité à débusquer les vrais problèmes et à trouver les vraies solutions. En conséquence, chacun doit être prêt à se révolter contre toute décision qu'on prétendrait lui imposer, à militer, à faire grève, à s'opposer par tous les moyens à des options qui mettraient en jeu sa survie et celle de ses valeurs. En particulier à rejeter une solution de la crise économique qui ne ferait que renforcer le système financier en place, à refuser un suicide écologique, à s'opposer à l'explosion de la misère.

La révolution est dès lors une façon, en faisant table rase, de se retrouver en accord avec soi-même, de servir sa raison de vivre en échappant à toute norme, tout conformisme, toute définition socialement imposée : on renoue ainsi, dans toute sa vérité, avec le premier de nos sept principes, bouclant ainsi un cercle à la cohérence absolue.

Il importe enfin – et ce n'est pas le plus mince effort – de vérifier à intervalles réguliers que ces sept comportements sont mis en œuvre ; de refaire sans cesse le point avec soi-même, sur les risques encourus et les comportements d'autrui ; d'être en permanence en situation d'éveil ; de dresser sa propre liste de contrôles. Cet examen de la mise en œuvre des sept principes ici décrits est un exercice difficile, exigeant disponibilité d'esprit et humilité. Il doit s'effectuer au moins une fois par semaine, dans une méditation silencieuse, exigeante et exempte de tension. Bien conduit, cette maîtrise des sept principes de survie donne accès à des réserves insoupçonnées d'énergie.

CHAPITRE 5

Pour survivre – les entreprises

Des milliers de livres ont été écrits sur les conditions de croissance des entreprises ; très peu sur leur conduite par temps de crise ; en particulier, presque aucun sur les crises et bouleversements à venir, tels que décrits plus haut : menaces d'erreurs de marché, de pertes de crédits bancaires, de fuite des actionnaires, de disparition de l'essentiel des clients, de déflation, de hausse des taux d'intérêt, d'impréparation aux crises écologiques, aux hausses des prix de l'énergie, aux remises en cause des conditions de travail, aux progrès techniques, aux nouveaux concurrents, aux diverses formes de déloyauté et de démotivation des employés, des actionnaires, des clients. Certains traités énoncent spécifiquement la doctrine à mettre en œuvre en cas de danger (cindynique), en particulier dans l'aéronautique, où la *check-list* permet aux pilotes de se préparer à affronter tous les risques et pannes déjà répertoriés. La plupart s'en tiennent à des critères darwiniens : pour survivre dans une économie de marché concurrentielle, en crise ou pas, expliquent-ils, une entreprise se doit tout simplement de croître ; pour cela, elle devra minimiser ses coûts, se spécialiser, être la plus compétitive possible dans son métier, absorber ses concurrents sous peine d'être mangée par eux ; et, surtout, se focaliser à chaque instant sur la satisfaction permanente de ses actionnaires qui tiennent son avenir entre leurs mains.

Cela est très loin de suffire, en particulier pour faire face aux crises et aux évolutions annoncées plus haut. Bien des entreprises ont disparu pour n'avoir fait que suivre ce genre de conseils. En fait, trop de spécialisation dans un seul métier, si rentable soit-il, réduit, voire annihile la capacité d'une entreprise à réagir à une crise ; trop de focalisation sur le profit immédiat restreint l'aptitude à se préparer aux menaces de l'avenir. Au demeurant, la survie de l'entreprise n'est pas un objectif de l'économie de marché : celle-ci cherche en effet à assurer la maximisation de la rentabilité du capital, ce qui passe par sa réallocation permanente dans les secteurs les plus rentables, fût-ce au prix de la destruction des entreprises qui, à un moment donné, l'utilisent. Leur survie n'est donc pas de l'intérêt du capitalisme et elles ne survivent qu'aussi longtemps qu'elles permettent à ceux qui y investissent de faire le maximum de plus-values et de profits : et leur loyauté ne résiste pas à une chute de l'espérance de gains. L'entreprise est ainsi, pour l'actionnaire, comme une sorte de prostituée dont le mépris qu'elle inspire à son client augmente avec le plaisir qu'elle lui procure.

Face à cette menace structurelle, la mort d'une entreprise, autrement dit sa faillite, est toujours l'abou-

tissement d'un même engrenage : une erreur stratégique face à des menaces ou à des opportunités,
l'absence d'anticipation des conséquences de cette
erreur, l'apparition de déficits, puis des problèmes de
trésorerie récurrents, des dettes qui augmentent, des
actifs qui se dévalorisent, des valeurs qui s'effilochent,
une direction qui baisse les bras.

La survie d'une entreprise – comme celle de tout
individu et de toute collectivité humaine – passe donc
d'abord par le simple maintien en vie, c'est-à-dire,
dans ce cas, par le maintien durable d'une marge positive. Celle-ci n'est pas à rechercher seulement dans
l'affrontement avec des concurrents, mais aussi dans
la loyauté avec des partenaires. Elle n'exige pas la
maximisation du profit immédiat, mais le respect de
valeurs du long terme. Elle ne résulte pas de la pré-
servation de rentes, mais de la mise en œuvre d'innovations en réaction à des menaces. Elle ne se réduit
pas à l'application littérale de ce qu'enseignent les
meilleurs manuels d'école de commerce – au demeurant fort nécessaires –, mais obéit à une stratégie orga-
nisée autour des sept grands principes de survie
évoqués plus haut, valables pour toute entité, en particulier pour l'entreprise, dans les crises à venir et face
aux dangers et aux potentialités qu'elles impliquent.

Même si une entreprise de taille mondiale n'a rien
à voir avec une boutique de quartier, et même si une
entreprise industrielle a peu de chose en commun avec
un restaurant, une banque, une société de services,
toutes se doivent d'appliquer ces principes avec la
même rigueur. Ils exigent des dirigeants et de l'entreprise tout entière une véritable et profonde introspec-

tion en vue d'un contrôle à intervalles réguliers de leur mise en œuvre, qui peut conduire, on va le voir, à des conclusions inattendues sur les modes de gouvernance et les secteurs et métiers d'avenir.

I. LES PRINCIPES DE SURVIE

Les principes dont il a été question plus haut ne s'appliquent pas à une entreprise de la même façon qu'à un particulier. D'abord parce qu'une entreprise n'est pas une personne physique, mais une personne « morale » (même s'il n'y a rien de « moral » dans son activité), et qu'il est difficile de conceptualiser ce que peut vouloir dire, pour elle, le fait de « respecter des principes ».

Il faut donc avant tout considérer l'entreprise comme une entité dotée d'une gouvernance capable d'un comportement cohérent et, en particulier, de respecter des principes.

Puis elle doit identifier ses *partenaires* internes (travailleurs et actionnaires) et externes (clients, conseils, banquiers, analystes financiers, régulateurs et *complémenteurs* : entreprises dont le marché est situé en amont ou en aval).

Enfin, parmi les *complémenteurs*, elle doit distinguer deux catégories : d'une part, les entreprises produisant plusieurs éléments des produits ou services de l'entreprise – fournisseurs, sous-traitants, licenciés (ainsi, IBM compte plus de 90 000 partenaires industriels et commerciaux ; Nike a des partenaires dans neuf pays ; Airbus en possède des milliers et sait qu'il a tout intérêt à ce que ses sous-traitants aillent bien). D'autre part, les entreprises fabriquant des produits ou services dont la consommation est liée à celle des produits de l'entreprise, tels les ordinateurs avec les logiciels, les installateurs avec les équipementiers, la console avec les jeux vidéo, etc.

Une entreprise ne peut survivre que si tous ses partenaires internes et externes disposent eux-mêmes des moyens de leur survie ; c'est donc l'intérêt de l'entreprise que de leur fournir, si elle le peut, tout ou partie de ces moyens, ou à tout le moins de les aider à les acquérir.

Par exemple, inciter les salariés au respect de soi exige de l'entreprise le respect de leur travail ; leur sens du temps requiert qu'elle prévoie pour eux des plans de carrière ; leur empathie implique une vie sociale et démocratique en son sein ; leur créativité et leur ubiquité sont entretenues par la formation permanente qui les prépare à changer d'activité ; leur résilience, par la protection sociale et assurantielle ; leur droit à se révolter, par le respect des procédures de revendication prévues par le droit du travail. À ces conditions l'entreprise obtiendra la loyauté de ses salariés. Il en va de même pour ses autres partenaires, actionnaires, clients, banquiers, sous-traitants, *complémenteurs*.

Au surplus, cette fois en tant qu'entité, l'entreprise, face aux enjeux et aux menaces dont il a été question plus haut, se doit de respecter elle-même ces sept principes.

• *Premier principe* : définir des valeurs
– l'*autorespect*

Pour les entreprises comme pour les individus, le respect de soi n'est ni général ni naturel. Nombre d'entre elles n'ont pas, en fait, sans se l'avouer à elles-mêmes, vraiment envie de durer ; dans une crise économique, sociale ou politique comme celles qui s'annoncent, et après une erreur stratégique, beaucoup d'entreprises, en effet, disparaissent tout simplement parce qu'elles lâchent prise, n'ont plus la volonté de se battre, renoncent ; parce qu'elles ne recherchent plus véritablement les solutions qui leur permettraient de survivre ; parce que le patron, ou les employés les plus importants, ont d'autres projets en tête et s'en vont. Ou encore parce que leurs actionnaires les abandonnent.

Comme impressionnées par leur propre discours, beaucoup d'entreprises se mentent à elles-mêmes et aux autres sur ce qu'elles sont, en particulier sur leur stabilité financière. Elles se prétendent capables de répondre efficacement à tous les défis énoncés plus haut, sans vraiment s'y préparer. Elles ne déploient pas l'effort nécessaire pour définir leur raison d'être et respecter des valeurs, pour être lucides sur leurs lacunes, intègres, et se respecter elles-mêmes ; pour maintenir leurs produits à un niveau d'excellence ; pour créer les conditions qui les incitent à se sentir et à se montrer authentiquement fières d'elles-mêmes ; et elles ne font pas tout pour que leurs salariés, leurs actionnaires, leurs clients le soient.

Si elles ne se distinguent pas des attentes les plus immédiates et les plus égoïstes de leurs partenaires, si elles ne réussissent pas à les passionner pour un projet, à les convaincre de les respecter, elles n'ont aucune chance d'obtenir durablement leur confiance et leur loyauté, et donc de survivre.

Pour parvenir à ce respect d'elle-même, l'entreprise doit :

• *Affirmer des valeurs* de sorte que son respect d'elle-même soit une réalité, non une fiction commode ; elle doit notamment vérifier la qualité de la mission qu'elle remplit, le traitement qu'elle réserve à ses partenaires en particulier, et à la société en général. Elle doit dire en quoi elle aide à la survie des gens, des nations, de l'humanité entière. Plus prosaïquement, elle doit définir en quoi elle se comporte en bonne citoyenne, soucieuse de l'intérêt de ses salariés, de ses actionnaires, de ses consommateurs et de tous ceux qui bénéficient ou risquent de pâtir de son comportement, en particulier l'environnement. Cela ne doit pas être un simple discours, mais une vraie pratique ;

• *Choisir des partenaires externes partageant les mêmes valeurs :* ne peuvent travailler ensemble (et *a fortiori* fusionner) que des entreprises ayant les mêmes idéaux, la même conception des menaces et des potentialités d'avenir, les mêmes valeurs morales, ou qui s'efforcent en tout cas de faire converger leurs objectifs en la matière ;

• *Être loyale* avec ses partenaires pour qu'ils le soient avec elle. Elle doit donc respecter ses contrats et, plus encore, la parole donnée, notamment la promesse de qualité du produit, le contrat de travail, l'environnement ;

• *Tenir un discours de respect.* Diffuser, à l'intérieur comme à l'extérieur, le sentiment que l'entreprise est intègre, humble, qu'elle prend ses propres valeurs au sérieux, qu'elle connaît sa raison d'être, qu'elle ne se ment pas à elle-même, en particulier sur l'état de ses finances face à l'actuelle crise financière et bancaire, et sur son respect des lois ;

• *Raconter l'histoire de l'entreprise.* Pour inspirer le respect d'elle-même, une entreprise doit écrire son histoire, en particulier la façon dont elle est née et dont elle a traversé les crises passées, et la faire connaître à ses partenaires. Si c'est justifié, pour retrouver le fondement de ses valeurs, elle doit même aller jusqu'à développer un musée d'entreprise dans un désir d'extrême intégrité, et non comme un discours ou un affichage publicitaire. Ce qui peut conduire à la mise au jour et donc à la publication de pages peu glorieuses, contraires à ses valeurs, de son histoire ; en particulier si, pour survivre, l'entreprise a piétiné ses valeurs et accepté sans se révolter des régimes politiques contraires au respect des droits de l'homme et de l'humanité ;

• *Pratiquer régulièrement un audit de respect.* L'entreprise doit vérifier en permanence qui elle est, dans quelle mesure elle respecte ses valeurs, ses procédures, ses contrats, la parole qu'elle donne, les promesses faites à ses clients, à ses employés, à ses actionnaires, à son environnement, à tous les partenaires à qui cet audit doit pouvoir être communiqué. Elle doit en particulier vérifier en quoi les périls à venir pourraient l'amener à faire fi de ses propres principes.

• *Deuxième principe* : valoriser le temps

Le temps est la seule denrée vraiment rare, la seule qui mérite d'être épargnée, qui a de la valeur si on peut la vendre. C'est donc, en particulier pour une entreprise, ce qu'il y a de plus précieux pour elle-même aussi bien que pour ses partenaires.

Toute entreprise, comme tout être vivant, ne peut survivre que si elle se pense dans la durée, si elle ne se focalise pas sur le gain immédiat ni sur des menaces contingentes. Elle doit en particulier faire face, dans le temps, aux périls, notamment financiers et écologiques, et à la pression de l'immédiat qu'impose la liberté individuelle par le biais du marché et de la démocratie. Pour ce faire, elle doit appliquer les principes suivants :

• *Inscrire son action dans le long terme*, en particulier en matière de financement, de recherche, de gestion des employés et de relations avec ses partenaires. Plus spécifiquement encore en matière d'évolution des sources d'énergie, des rapports sociaux, des tendances nouvelles du marché, des mœurs et des technologies. Avoir une idée aussi précise que possible de l'évolution à moyen terme de sa trésorerie, en fonction des diverses hypothèses possibles, en particulier des divers scénarios de crise ;

• *En déduire un projet d'entreprise intégrant toutes les valeurs et toutes les évolutions organiques prévi-*

sibles, avec leurs dimensions économiques, sociales, financières, écologiques, éthiques, esthétiques. Ce projet doit sélectionner des marchés, des technologies, des alliances, des financements et s'inscrire dans les tendances de l'avenir telles que définies plus haut. Il doit ensuite être compris et approprié par tous les partenaires internes de l'entreprise, être en permanence adapté à sa situation, à son évolution, et confronté à sa réalité financière ;

• *Proposer à ses collaborateurs, dans le cadre de ce projet, le meilleur usage possible de leur temps.* Éviter de leur faire perdre leur énergie et leur créativité dans des réunions inutilement prolongées. Ne pas instaurer une pression dégradante sur l'usage de leur temps. Organiser leurs horaires de travail et leur rémunération en fonction du temps globalement disponible, sans que les technologies nomades présentes et à venir conduisent à l'envahissement du temps de loisir par le travail et à la surveillance permanente des activités des salariés ;

• *Proposer à ses clients un usage optimal de leur temps ;* plus généralement, faire en sorte que les produits ou services de l'entreprise, tels qu'ils découlent de l'évolution à venir des technologies, en particulier des NBIC, leur permettent d'améliorer l'intensité de l'usage de leur temps. À cette fin, l'entreprise doit sans cesse songer à la valeur du temps qu'elle vend, ou du temps d'usage de l'objet ou service que vendent ses *complémenteurs*. Elle doit s'appliquer à ce que le temps de vie de ses clients soit lui aussi amélioré par leur usage. Ainsi la valeur d'un produit ou d'un service dépendra-t-elle non pas du temps nécessaire à le fabriquer, mais du temps qu'est prêt à lui consacrer un client ou qu'il lui fait gagner : la valeur d'une automobile est fonction, du temps qu'elle lui permet d'économiser ; la valeur d'un conseil, du temps qu'il permet d'épargner ; la valeur d'un objet nomade dépend du temps qu'il permet de valoriser. Il en ira de même de tous les produits et services qui découleront des technologies et des besoins à venir, dans un univers où la pression imposée par la rareté du temps se fera de plus en plus exigeante ;

• *Faire en sorte que l'acte d'achat soit en lui-même, pour le consommateur, un usage valorisant du temps, une expérience intense.* En particulier, dans le commerce ou dans toute activité de service, en ligne ou en réel, il faut arriver à ce que le moment passé à explorer, questionner, chiner soit ludique, plaisant, intense. Ce qui implique une réflexion neuve sur le rôle et la formation des vendeurs, la pratique du commerce et la manière d'en faire un moment de distraction ; sur le respect à témoigner au client, sur la façon de le valoriser, de le prendre au sérieux, de le former, de lui demander son avis et d'en tenir compte ;

• *Proposer à ses actionnaires la meilleure valeur que prendra leur argent dans le temps,* en leur offrant une claire stratégie de valorisation à long terme, sans cesse expliquée dans le cadre du projet d'entreprise, et capable de générer et d'entretenir leur loyauté. Cela exige de se montrer capable d'inscrire le projet d'entreprise dans une analyse d'ensemble des dangers et des potentialités de l'avenir, pour comprendre comment conserver durablement leur loyauté.

• *Troisième principe* : comprendre
son environnement et les risques
qu'il lui fait courir – l'*empathie*

Survivront celles des entreprises qui, ayant pris conscience de leur importance à leurs propres yeux, sauront aller le plus loin possible dans l'analyse de ce qui pourrait les menacer, et celles qui, face à une crise, sauront se préparer à riposter à tous les aléas, à connaître leurs ennemis, à se faire des alliés.

Voilà qui exige bien plus que des études de marché, des plans d'affaires ou de trésorerie (qui restent absolument indispensables) : il faut, en amont, une capacité à comprendre le monde dans son ensemble, dans ses crises comme dans ses mouvements longs ; à comprendre comment chacun des partenaires de l'entreprise va réagir à chacun de ces mouvements ; et en particulier, pour cela, à se mettre à la place de ses partenaires internes et externes, fût-ce les plus lointains, pour anticiper leurs réactions et disposer ainsi d'une « sécurité profonde » et d'un réseau d'alliances. Ce qui suppose de :

• *Chercher les meilleures sources d'information* sur les différentes dimensions des crises à venir, en particulier sur celles, innombrables, qui risquent d'influer sur l'avenir financier, économique, social, culturel, écologique, politique de l'entreprise ;

• *Explorer en permanence toutes les tendances* lourdes de l'avenir pouvant influer sur l'entreprise, notamment les mutations économiques, concurrentielles, financières, sociales, sociologiques, culturelles et politiques ;

• *En déduire en particulier, comme on l'a vu, tous les secteurs d'avenir :* l'énergie, l'eau, l'assurance, la distraction, la santé, les infrastructures, les réseaux, les services et la sécurité informatiques, la gestion du risque, les services financiers publics, l'agriculture, l'élevage, la pisciculture, l'écologie, les énergies renouvelables, le génie climatique, les déchets, la grande distribution, le reclassement de salariés, le matériel médical, le biomédical, les biotechnologies, les nanotechnologies, les neurosciences, les services à la personne, la dépendance des personnes âgées, les administrations locales, la logistique, les cabinets de conseil ;

• *Identifier les principaux risques financiers,* en particulier ceux liés à l'insuffisance de l'analyse de la trésorerie, à des endettements excessifs et aux promesses d'une rentabilité trop élevée, menacée par les crises en cours ;

• *Identifier les risques de ruptures ou de tensions* spécifiques à l'entreprise ou à son environnement direct, culturel, technologique, écologique, social, politique. Indépendamment des risques globaux, l'entreprise peut être en effet menacée par l'incompétence de ceux qui la dirigeront ou par des coups du sort ;

• *Se faire une opinion personnelle* sur tous ces risques, ne pas céder à l'opinion majoritaire, refuser de croire qu'on apprend en prêtant l'oreille à la rumeur, en particulier la rumeur du « marché », lequel est, comme le montre la crise actuelle, sourd et aveugle ;

• *Respecter la réalité* : face à une crise de quelque nature qu'elle soit, en particulier toutes celles annoncées jusqu'ici, l'entreprise doit éviter le déni de réalité ; et si elle se rend compte que les décisions les plus importantes n'ont pas été prises ni préparées, ne pas se raccrocher aveuglément aux bonnes nouvelles ;

• *Bien connaître ses collaborateurs,* salariés ou non, se mettre à leur place, leur trouver leur juste place, chercher à savoir ce qu'ils pensent, prévoir leurs réactions, anticiper leurs ambitions, leurs plans de carrière. Ne pas compter exclusivement sur l'octroi de primes ou de bonus qui jamais n'assurent une loyauté. En particulier, tenter d'anticiper les comportements des personnels stratégiques pour obtenir leur loyauté dans un univers de précarité croissante. Savoir leur assurer une formation continue ; les écouter, les associer aux succès, leur faire confiance, leur garantir un partage équitable des profits au moins autant que des difficultés ;

• *Se faire une idée personnelle* lucide de la valeur de ses propres produits, sans oublier qu'un produit ou un service ne vaut que ce que les éventuels clients sont prêts à payer à un moment donné, et que son prix de vente ne saurait en aucun cas être déterminé par son seul prix de revient, mais dépend de l'ensemble de l'environnement concurrentiel ;

• *Se mettre à la place de ses partenaires extérieurs* (clients, fournisseurs, sous-traitants, conseils, etc.), comprendre leurs attentes en termes financiers et humains, ce qui suppose humilité, souci de comprendre la culture des autres, et capacité d'admettre qu'ils peuvent avoir raison. En particulier, comprendre son client, dont tout dépend ;

• *Établir avec ses partenaires des relations de loyauté* fondées sur le long terme et non pas seulement sur des contrats juridiques, notamment en matière de protection de la propriété industrielle ou intellectuelle. Les aider à conforter leur santé financière et, s'il le faut, partager avec eux les frais de recherche et de développement. Altruisme intéressé, encore une fois ;

• *Créer des réseaux collaboratifs* sans participation capitalistique avec des partenaires complémenteurs, notamment avec des entreprises travaillant dans des domaines nouveaux qui peuvent devenir essentiels pour l'entreprise, compte tenu des grandes tendances évoquées précédemment, en particulier l'émergence des NBIC : le solaire et la pile électrique pour une entreprise automobile, la biotechnologie pour un laboratoire pharmaceutique, les nanotechnologies pour un fabricant de microprocesseurs…

• *Détecter les sources de déloyauté* chez des partenaires externes ou internes (en particulier chez les complémenteurs), qui pourraient les transformer en concurrents ou en alliés des concurrents ;

• *Se mettre à la place de ses concurrents,* les étudier en détail dans leur culture, leurs marchés, leur histoire, leurs projets, leur environnement, leurs valeurs, pour comprendre comment ils vont agir et réagir face aux grandes tendances d'avenir, sans leur prêter nécessairement ses propres desseins ou humeurs, mais en cernant au mieux qui ils sont et comment ils peuvent se comporter.

• *Quatrième principe* : être en situation
de résister à toute attaque sans être détruit
– la *résilience*

Bien des entreprises sont mortes pour avoir commis une erreur stratégique face à un péril ou une évolution imprévue, en faisant confiance à trop peu de clients, en perdant une équipe indispensable ou en ayant souscrit de mauvais contrats d'assurance. Une entreprise doit donc être capable de subir une catastrophe ou de supporter un échec sans qu'ils lui soient fatals. Elle doit pouvoir perdre un gros client sans faire faillite ; un cadre important sans dommage majeur ; une ligne de crédit sans être étranglée, un brevet sans disparaître. Dans les crises et tendances qui s'annoncent, ces risques sont à la fois multiples et prévisibles.

Ce qui suppose d' :

• *Analyser sans cesse la redondance,* c'est-à-dire l'existence dans l'entreprise de plusieurs moyens de régler une menace détectée par l'empathie (un problème économique, social, technique, écologique, financier ou autre) et être prêt, si les scénarios du pire évoqués plus haut se réalisent, à changer de stratégie, à mettre en œuvre des ressources alternatives, en particulier à mobiliser de nouveaux partenaires stratégiques ; et ce qui suppose aussi de

• *Disposer de la trésorerie nécessaire pour affronter toutes crises,* telles que définies plus haut ; ne pas dépendre d'un seul banquier ; définir avec ses banquiers des lignes de crédits dans les périodes faciles pour en disposer dans les moments difficiles.

• *Vérifier que ses banquiers et ses actionnaires partagent les mêmes valeurs,* afin qu'ils répondent présents en cas de crise, en particulier de crise financière, ou si une opportunité d'investir se présente de façon soudaine ;

• *Mettre en place toutes les assurances possibles* face à tous les risques déjà évoqués et à ceux spécifiques à l'entreprise, pour réparer les dommages et pour pouvoir redémarrer : l'élaboration de la liste de ces risques et de leurs modes de couverture est, pour les entreprises comme pour les individus, une tâche cruciale ;

• *Transformer l'essentiel des frais fixes en frais variables,* pour s'adapter aux exigences de la résilience et être aussi flexible que possible, ce qui exige un maximum de fluidité, un nomadisme résolu de l'entreprise, une chasse permanente aux gaspillages et aux rentes ;

• *Préparer des plans d'action d'urgence* (notamment de trésorerie et de communication), ou à tout le moins, en l'absence de plan, des procédures de réaction rapide à toute crise, avec des répétitions à blanc et des systèmes d'échanges très rapides entre responsables, sans hiérarchie excessive ;

• *Attribuer aux responsables de la surveillance des risques* (financiers, écologiques, juridiques, assurantiels) un statut et une rémunération au moins égale à celle de ceux qu'ils contrôlent ; leur confier en particulier la mission d'évaluer à intervalles réguliers la résilience de l'entreprise face à tous les dangers et de tester l'efficacité des redondances, et en rendre compte au plus haut niveau de l'entreprise ;

• *Diffuser la culture de la résilience* à tous les niveaux hiérarchiques de l'entreprise, sans pour autant qu'elle se transforme en principe de précaution paralysant le goût du risque. La pleine conscience du risque doit au contraire conduire à en prendre plus : une fois les dangers évalués, mesurés, les protections mises en place, il devient possible d'oser.

• *Cinquième principe* : apprendre à transformer les menaces en opportunités – la *créativité*

Sous l'effet d'une crise, ou devant une évolution qui semble irréversible, une entreprise peut, comme une personne physique, être paralysée par la perspective du danger, se noyer dans la bureaucratie, être incapable de rien décider, perdre sa capacité d'innover. Il est donc important qu'elle soit capable d'apprendre à transformer les menaces et les périls, les ratés et les coups du sort en opportunités. Pour cela, veiller à ne fermer aucune porte en termes d'organisation, de technologies, de marché, de partenaires, jusqu'à trouver celle qui permettra à l'entreprise de se sauver. En particulier :

• *Refuser de considérer un refus d'un partenaire comme une réponse* et chercher sans cesse à transformer un problème en solution.

• *Préférer ne pas livrer une bataille contre un concurrent plutôt que de prendre le risque de la perdre,* et s'efforcer d'en faire, si possible, un complémenteur.

• *En particulier, transformer la pression mondiale à la baisse des prix en incitation à innover.* Par exemple, répondre à la pression sur les prix de l'automobile par la simplification des modèles (une boîte à trois vitesses au lieu de six, les pièces détachées empruntées à d'autres modèles). C'est en application de ce principe que la Tata va devenir l'Europa sur le marché européen ; que, dans la distribution, certains réinventent leurs modèles d'organisation, et que bien des entreprises comprennent enfin que les plus pauvres peuvent constituer un très important marché à condition qu'on les traite dignement.

• *Transformer la même pression en incitation à réorganiser les relations avec ses fournisseurs :* développer à cette fin le *crowdsourcing* qui permet d'utiliser, en ligne, des sous-traitants individuels. Par exemple, CrowdSpring permet de mettre en concurrence des milliers de designers pour définir des produits (LG vient ainsi de les mettre à contribution pour concevoir un nouveau téléphone mobile) ; Open Ad permet à des milliers de créatifs publicitaires (freelance ou agences) de répondre en ligne à des appels d'offres, y compris pour de grandes campagnes ; Mechanical Turk propose aussi de faire effectuer en ligne par des milliers de partenaires de menues tâches (identifier ce qui est photographié sur une image, réaliser des éléments de programmes informatiques ou des graphiques)…

• *Transformer la même pression en incitation à développer de nouvelles technologies de production :* par exemple, le *cloud computing*, pour réduire le coût de la manipulation de l'information, et le *parallel pro-*

165

cessing pour augmenter la capacité de traitement des données et en réduire le coût.

• *Transformer la même pression en incitation à transformer les clients en complémenteurs :* Peugeot, Dell et Logo organisent ainsi des jeux-concours de design auprès de leurs clients qui deviennent les designers bénévoles des produits qu'on leur vendra.

• *Transformer les raretés de matières premières en marchés pour de nouveaux produits.* Par exemple, la raréfaction de l'énergie fossile crée des marchés pour les économiseurs d'énergie, les énergies de substitution, le génie climatique, les voitures hybrides ou électriques, la pile à combustible ; de même, la rareté de l'eau crée des marchés pour les plantes génétiquement modifiées, etc. ; la rareté de la terre arable pousse à innover dans la culture hors-sol, le *vertical farming*, la pisciculture. Enfin, la rareté de certains minéraux conduit à la mise au point de nouveaux matériaux comme le *graphère.*

• *Plus généralement, transformer la contrainte environnementale en source d'innovations industrielles.* Par exemple, les biotechnologies pour réduire les émissions animales de méthane, les nanotechnologies pour piéger les émissions de carbone, etc.

• *Transformer cette contrainte en source d'innovations commerciales,* en associant ses clients à la protection de l'environnement : publier les chiffres des émissions de carbone, annoncer des objectifs d'utilisation d'énergies renouvelables pour faire de la consommation un élément écologiquement déculpabilisant, une source de loyauté des partenaires en attirant des collaborateurs et investisseurs soucieux de développement durable.

• *Transformer l'effondrement technologique des prix de l'information en source de nouveaux marchés* pour les produits immatériels tels la presse, les médias, la musique, le cinéma, bousculés par l'univers virtuel, et inventer de nouvelles procédures pour leur tarification en mettant à contribution les complémenteurs qui en bénéficient (tels les fournisseurs d'accès à internet).

• *Profiter de la baisse générale des prix et du désir des consommateurs d'être malins, qui réduisent la raison d'être des marques,* pour leur trouver une nouvelle fonction par une capacité à offrir des services nouveaux et une meilleure qualité de l'usage du temps des clients.

Pour parvenir à mettre en œuvre cette créativité, il convient de développer les capacités de création collective de tous les collaborateurs de l'entreprise, quel que soit leur rang hiérarchique, en les associant à l'innovation et en leur offrant une part des revenus des brevets. En particulier, recourir à des méthodes nouvelles de stimulation de la créativité, supérieures au *brainstorming* utilisé jusqu'ici.

• *Sixième principe* : vouloir l'*ubiquité*

Malgré l'avis des analystes financiers – qui considèrent qu'il leur appartient d'orienter au mieux le capital – rester concentré sur un seul métier n'est pas une garantie de survie pour une entreprise, car cela peut la laisser sans réponse quand ses marchés viennent à disparaître. Pour survivre aux bouleversements dont il a été question ici, une entreprise doit donc être en permanence prête à un changement d'identité, s'y préparer en étant potentiellement multiple, capable de produire tout autre chose en ne gardant d'origine que son nom, et encore.

On connaît déjà nombre d'exemples d'entreprises dont les marchés étaient en régression et qui ont réussi à survivre ainsi en changeant totalement d'activité. En général, elles choisissent comme métier nouveau un secteur ayant un lien avec leur ancien univers : par exemple, par le passage du contenant (devenu peu rentable) au contenu (dégageant beaucoup plus de valeur ajoutée) ; et parfois sans aucun rapport avec le métier ancien : c'est alors l'opportunité qui décide, comme dans le passage de l'armement naval au tourisme, de l'aéronautique au sport, de l'eau au téléphone, de la banque à l'énergie.

Pour parvenir à cette mobilité, à cette ubiquité, à cette capacité de devenir tout autre, l'entreprise doit se penser comme une entité complètement flexible dont la raison d'être est de servir au mieux un univers – mieux, en tout cas, que ses compétiteurs – et dont le métier est d'allouer au mieux les talents qu'elle peut rassembler ; mais sans se limiter à un seul métier – comme un cirque : avec un centre qui définit des valeurs, forge des marques, élabore la stratégie globale, noue des alliances, recrute des talents, forme ses collaborateurs pour qu'ils évoluent, s'assure de leur loyauté, contrôle l'unité des procédés, organise une veille des mutations nécessaires, pense à des métiers radicalement neufs, procède à des tests, lance des productions nouvelles – comme des attractions – et se tient prêt à en changer si elles ne remplissent pas leurs promesses.

• *Septième principe* : penser révolutionnaire

Enfin, dans les cas extrêmes, si l'entreprise est victime de conditions léonines imposées par un État ou par des partenaires, elle doit, dans le respect de ses valeurs et des lois, se préparer à transgresser ses propres principes pour survivre : la légitime défense donne tous les droits, sauf celui de trahir ses valeurs et ses partenaires internes, salariés et actionnaires. Par exemple, une entreprise doit se préparer à devoir se délocaliser, à « penser monde », indépendamment de toute attache nationale, sauf si celle-ci, comme c'est souvent le cas, fait partie de son identité.

*

Pour faciliter la mise en œuvre de chacun de ces principes, de nouveaux métiers de conseil apparaîtront : la conscience de soi exigera des coaches, des analystes, des professeurs ; l'intensité du temps exigera des « facilitateurs de vie » qui feront gagner du temps à l'entreprise et l'aideront à donner du sens à la durabilité de ses produits et au temps de ses collaborateurs ; l'empathie requerra des analystes du monde et de ses périls, ainsi que des consolateurs ; la résilience supposera des assureurs et des gestionnaires du risque ; la créativité demandera des spécialistes des neurosciences et des stimulateurs d'inventivité ; l'ubiquité, des coaches en nomadisme et en évolution professionnelle ; la révolution enfin exigera surtout une audace stratégique, une représentation efficace des salariés, et de bons avocats…

La mise à disposition de tous ces talents nouveaux, en interne ou en externe, sera de plus en plus stratégique pour l'avenir. Celles qui sauront s'en doter survivront mieux que les autres.

II. Une gouvernance adaptée

Pour mettre en œuvre ces mutations dans le contexte des transformations globales dont il a été question jusqu'ici, les dirigeants des entreprises et l'ensemble de la chaîne de commandement doivent, eux aussi, respecter ces principes et s'assurer que l'entreprise qu'ils dirigent les applique de façon continue. Ils doivent donc être choisis en fonction de leur capacité à donner l'exemple et à appliquer les sept principes de la stratégie.

• La première mission des dirigeants est de *respecter l'entreprise qu'ils servent*. Pour cela, ils doivent se distinguer autant qu'il est possible par leur exigence morale, mentale, culturelle ; par leur maîtrise et leur humilité, par leur sang-froid, par leur aptitude à dire la vérité, à communiquer, à entraîner, à susciter de l'excellence, à créer, entretenir, évaluer, accroître la loyauté des cadres, des actionnaires, des clients. Ils doivent ainsi incarner le respect de l'entreprise par elle-même, et donc se montrer exigeants vis-à-vis de leurs collaborateurs, les nommer au bon endroit, accepter aussi d'être corrigés ou contredits par eux.

• Ils doivent *définir la vision à long terme de l'entreprise*, la porter, la décliner, la faire évoluer ; imposer eux-mêmes le tempo, et non pas danser au rythme de l'orchestre ; ne pas s'intéresser seulement au profit à court terme ; ne pas penser à ramasser le dernier euro avant la catastrophe, quelle qu'elle soit, mais à prévenir celle-ci ; jouer plusieurs coups d'avance, notamment en matière de trésorerie ; prendre des risques sur certaines technologies et retarder la mise en œuvre de celles qui viennent trop précocement. Ils ne doivent pas (comme font trop fréquemment les dirigeants d'entreprises ou de banques, au mandat souvent très bref) faire accroire que tout va bien pour pouvoir se distribuer un maximum de primes et de bonus.

• Ils doivent pouvoir opérer la synthèse des informations venues du monde entier et reçues de leurs conseils ; comprendre les technologies (en particulier les NBIC et leurs applications aux secteurs de croissance dont il sera question plus loin : l'environnement, la santé et l'éducation) ; disposer d'une veille technologique et sociale ; écouter partout dans l'entreprise, à tous les niveaux hiérarchiques, leurs collaborateurs ; anticiper et analyser le comportement des dirigeants des concurrents et des « complémenteurs » ; choisir des collaborateurs et des partenaires à qui faire entière confiance ; développer des réseaux, les placer aux meilleurs endroits ; axer l'essentiel de la stratégie de l'entreprise sur les clients, les salariés et les produits.

• Vérifier sans cesse que l'entreprise survivra à l'occurrence d'une erreur de stratégie ou d'un financement mal maîtrisé, ou de tout autre risque identifiable ; contrôler que sont bien en place toutes les assurances et les redondances nécessaires. Avoir le choix (et se donner les moyens de ce choix) de la typologie des financements, de leur caractère stable et de long terme.

• Savoir susciter et écouter les initiatives ; être en avance sur leurs propres collaborateurs dans la transformation d'une menace en source de changement ; maintenir l'autonomie des unités tout en se donnant les moyens de suivre les performances d'ensemble ; susciter partout une créativité et un goût pour l'innovation.

• Être les premiers à penser que face à l'irréversibilité d'une menace ou d'un bouleversement, l'entreprise pourrait avoir à changer radicalement d'univers ; à imaginer, pour survivre, une délocalisation, la création d'un nouveau métier, la vente partielle ou totale de certains métiers anciens, ou même, en cas extrême, une fusion, sans se poser de problèmes d'ego, en tant que dirigeant, en acceptant de disparaître pour survivre autrement.

• Enfin, développer un langage, une créativité, un esprit révolutionnaires ; percevoir la nécessité de ne pas respecter les règles et les codes, mais de penser hors des normes, en particulier si surviennent les pires catastrophes parmi celles qui ont été évoquées plus haut.

Et donc en revenir finalement à leur propre conscience de soi, à leur propre identité, à leur propre capacité à penser leur propre survie, à leur propre raison d'être. Comme le disait Jeff Immelt, président de General Electric : « Apprendre à diriger est un long périple en soi-même. »

III. LES SECTEURS D'AVENIR

Les entreprises disposant de ces stratégies s'orienteront vers les secteurs prometteurs portés par les tendances lourdes du futur. Parmi ces secteurs bénéficiaires des dynamiques décrites plus haut, on doit mettre en avant, on l'a vu, l'énergie, l'eau, les infrastructures, la distraction, la santé, les réseaux, les services et la sécurité informatiques, la gestion du risque, l'élevage, la pisciculture, l'agriculture, l'écologie, les énergies renouvelables, le génie climatique, les déchets, la grande distribution, les administrations locales, la logistique, les services financiers publics, les cabinets de conseil, le reclassement de salariés, le matériel médical, le biomédical, les services à la personne, la dépendance des personnes âgées.

Parmi ces activités, celles qui permettent *a priori* le mieux d'utiliser nos sept principes sont l'agriculture, l'agroalimentaire, l'eau, l'énergie, les télécommunications, l'économie verte, la santé, le tourisme, les industries financières, les industries du virtuel. Celles qui auront le plus d'efforts à faire pour y parvenir sont l'automobile, le logement et les médias.

Plus particulièrement, le respect de soi favorise les services publics, le temps favorise la santé et l'éducation, l'empathie est grande avec l'agriculture, la santé et l'eau, la résilience l'est avec l'assurance, l'énergie et l'eau, la créativité l'est en finance, en virtuel et en NBIC, l'ubiquité l'est également en finance et en virtuel, l'esprit révolutionnaire porte vers l'inconnu.

Les vainqueurs seront donc au croisement de ces deux critères : dynamique de croissance et dynamique de survie. Parmi eux : l'infrastructure, l'eau, l'énergie, les réseaux, la distraction, l'agriculture, l'économie verte, la santé, l'assurance, et l'éducation.

Mieux encore placées pour survivre sont les « entreprises sociales » sans actionnaires autres qu'armés de patience, dont la finalité est de remplir une mission et pour qui le profit n'est qu'une contrainte. Alors qu'une entreprise capitaliste doit bien servir ses clients pour faire des profits destinés à ses actionnaires, une entreprise sociale doit faire des marges pour se donner les moyens de bien servir ses clients ; elle peut donc beaucoup plus facilement y faire s'épanouir le respect de soi, l'empathie, la résilience, l'ubiquité, la créativité, l'intensité, voire la pensée révolutionnaire.

Étrange paradoxe : la survie des entreprises sur le marché fait naître une catégorie nouvelle d'entreprises niant les exigences du marché. Comme la stratégie de survie des individus conduisit à l'évolution des espèces vers l'*Homo sapiens*.

Il en est de même, on va le voir, des nations.

CHAPITRE 6

Pour survivre – les nations

Même si elles paraissent immuables, même si elles semblent territorialement inamovibles, les nations, comme les individus et les entreprises, naissent et meurent sous les coups de diverses agressions internes et externes.

L'Histoire longue montre même qu'elles ne sont pas immortelles, qu'elles finissent toutes par disparaître : tous les premiers empires se sont disloqués ; toutes les cités-États antiques ont été avalées par les États qui les entouraient ; de minuscules pays se sont regroupés en nations plus vastes. Plus généralement, une nation se défait quand elle n'a plus les moyens militaires (ou la volonté) de se défendre ; quand elle est envahie par d'autres ; quand ceux qui la peuplent cessent de trouver intérêt à être ensemble (comme les Hébreux et les Judéens au VIIIᵉ siècle avant notre ère) ou à être forcés de vivre ensemble (comme les Tchèques et les Slovaques en 1992) ; quand une crise économique, écologique ou sanitaire l'emporte ; quand elle n'est plus dans le sens de l'Histoire, qui emporte tout. En général, la disparition d'une nation est précédée de l'effondrement financier et militaire de son État, lui-même provoqué le plus souvent par son incapacité à financer un train de vie devenu excessif ou une défense devenue trop coûteuse face à des ennemis trop puissants. Quelques nations ont disparu en se scindant en plusieurs morceaux (cas de l'URSS ou de la Yougoslavie). Beaucoup s'effacent de l'Histoire sans pour autant disparaître, mais deviennent de plus en plus faibles ; certaines, en disparaissant, laissent à d'autres le nom de ce qui constituait un ensemble beaucoup plus vaste, comme l'empire du Mali ; d'autres se dissolvent en laissant sous leur nom une trace culturelle en d'autres nations, comme la Bactriane en Afghanistan ou l'empire aztèque au Mexique ; d'autres encore, comme toutes les nations précolombiennes d'Amérique du Nord, se sont évanouies sans laisser de traces ni linguistique ni politique.

Les plus anciennes nations existant encore aujourd'hui (Irak, Égypte, Chine, Israël, Arménie) ont un temps disparu, puis ont vu leurs frontières bouleversées ; leurs noms, leurs langues, leurs religions, leurs populations ont été bousculés, mêlés, modifiés.

Une nation naît en général en se séparant d'une autre, voisine plus pauvre (comme la Tchéquie de la Slovaquie), ou d'une puissance coloniale (comme l'Algérie), ou encore d'un ensemble artificiel (le Bangladesh quittant le reste du Pakistan). Elle se constitue quand ceux qui ont une bonne raison (linguistique, ethnique ou historique) de vivre ensemble réussissent, par leur force économique, politique, militaire ou diplomatique, à échapper à l'environnement extérieur. Souvent une nation est créée de toutes pièces, sans consulter ceux qui y vivent, par le seul caprice des vainqueurs d'un conflit : ainsi de celles qui naquirent après le congrès de Vienne ou après ceux de Versailles ou de Sèvres.

Beaucoup de nations (l'Inde, le Pakistan et tant d'autres en Asie et en Afrique) sont nées, au XXe siècle, de la décolonisation ; d'autres (les pays baltes), de décisions issues de la Seconde Guerre mondiale ou de la chute de l'Empire soviétique (qui créa ou recréa quatorze nations).

Depuis qu'a commencé le XXIe siècle, aucune nation à ce jour n'est encore née ; certaines sont sur le point d'être reconnues, comme la Palestine. Aucune non plus n'a encore disparu ; plusieurs, en apparence pérennes, pourraient s'effondrer sous le coup de conflits internes ou du fait de la faiblesse de leur État (comme la Somalie et, à un moindre degré, le Liberia, la Sierra Leone, le Nigeria, l'Afghanistan, l'Irak). D'autres encore, comme Israël, sont chaque jour ouvertement menacées de mort par des ennemis irréductibles. Toutes sont menacées par les crises et les tendances précédemment décrites : les États-Unis sont menacés de faillite financière ; l'Europe, de vieillissement démographique ; les nations du reste du monde, plus jeunes, moins organisés, sont menacées de désarticulation, de disparition.

Ces rappels conduisent à réfléchir aux mécanismes de survie d'une nation, qui renvoient là encore à ceux, très généraux, évoqués jusqu'ici pour toute entité, qu'il faut évidemment appliquer de façon très spéci-fique. Ce qui exige que la nation commence par aider à la survie de ses propres citoyens.

Une nation ne peut en effet survivre que si son État, loyal avec tous ses membres, personnes privées et entreprises, les aide à disposer des moyens de leur survie face aux crises et aux évolutions à venir : l'éducation, fournie par l'État, contribue au respect de soi, à l'ubiquité, à la créativité et à la capacité révolu-tionnaire ; la protection policière, la santé et la protec-tion sociale aident les citoyens à avoir le sens du temps et à la résilience ; la vie démocratique favorise l'empathie. L'État doit aussi aider ses entreprises par un état du droit débouchant sur plus de mobilité, de protection et d'excellence : par exemple, la mise en œuvre du respect de l'entreprise par elle-même néces-site une transparence du droit bancaire et financier ; sa résilience exige une capacité assurantielle ; l'ensemble requiert plus de souplesse et d'anticipation du savoir.

Par ailleurs, toute nation doit se doter des moyens de survivre indépendamment de ceux qui la compo-sent. À cette fin, elle doit s'appliquer à elle-même les principes de survie des individus et des entreprises ; c'est le rôle de son instrument d'action principal, l'État.

De fait, la mise en œuvre de ces principes conduit à repenser de fond en comble la théorie et les modalités de l'action publique.

I. Repenser l'action publique

• *Le respect de soi*

Comme les personnes et les entreprises, une nation peut disparaître parce qu'elle lâche prise, qu'elle perd la volonté de se battre, qu'elle renonce à elle-même après une catastrophe naturelle, une invasion, une pénurie alimentaire. Ce fut sans doute le cas de la cité de Palenque, dans le Yucatán maya, au XIIe siècle, dont les sols arables étaient épuisés, et, tout autrement, celui de la France de 1940, dont l'énergie vitale avait disparu.

Aucune nation ne peut survivre si elle n'en a plus envie, si elle n'est pas fière d'elle-même, si elle n'a pas le courage de résister aux forces du déclin, si elle ne se ressent plus de raison d'être. De même, aucune ne peut perdurer si la peur seule tient encore ensemble ses citoyens : une nation ainsi soudée face au danger se délite sitôt que s'évanouit la peur qui l'unissait. Tel fut le cas de la Tchécoslovaquie, de la Yougoslavie, de l'URSS.

Face à tout ce qui constitue désormais une menace, la première condition de la survie est donc justement de ne pas renoncer, de garder foi en sa propre importance, en sa raison de vivre.

On mesure le respect de soi d'une nation à son attitude à l'égard de la défense nationale, de la natalité, du patriotisme, et, en sens inverse, de l'alcool, de la drogue, du suicide, de la maltraitance des femmes et des enfants. On le mesure aussi à la façon dont elle conçoit son avenir, affirme ses valeurs, protège son patrimoine, attache de l'importance à l'image qu'elle donne d'elle-même dans ses bâtiments publics (en particulier dans ses ports, ses gares, ses aéroports, premiers lieux d'accueil des étrangers).

On le mesure également à la manière dont ses dirigeants et ses citoyens sont loyaux à son endroit : elle ne se respecte pas si elle les laisse détruire ses ressources, son patrimoine naturel et culturel, ne pas payer leurs impôts, violer ses lois, la quitter sans esprit de retour, et si elle ne les unit pas face aux agressions à venir. Des dirigeants politiques corrompus, des familles sans enfants, une armée mal respectée, un système bancaire sans contrôle, des dirigeants d'entreprise cyniques, une administration négligente, des jeunesses suicidaires, un environnement saccagé, des riches sur le départ, des supporters ivrognes, des aéroports mal tenus : autant de signes de l'absence de respect de soi d'une nation, même s'ils s'accompagnent d'un chauvinisme exacerbé.

Parmi les pays qui sont le plus dépourvus de ces manifestations du respect de soi figurent en première analyse un grand nombre de pays africains, la Chine, l'Inde. Mais aussi ceux qui, comme les États-Unis, acceptent de laisser dans la misère et sans protection sociale une part importante de leur population.

Parmi ceux qui font preuve au contraire d'un plus grand respect de soi se trouvent la Grande-Bretagne, le Japon (même si sa population est particulièrement vieillissante), les Pays-Bas et quelques pays nordiques, quand bien même l'alcoolisme et le suicide y font des ravages. Les îles, semble-t-il, ont plus de capacité d'autorespect que les nations continentales.

Par ailleurs, l'autorespect ne se conçoit que si la collectivité est capable de se penser sur le long terme.

• *Valoriser le temps*

Une nation ne peut survivre face aux enjeux et périls à venir qu'en se projetant dans le temps, en ayant pleine conscience de son histoire, de sa raison de durer ; en valorisant son patrimoine ; en établissant et affichant clairement un projet à long terme ; en accordant de l'importance au temps vécu ensemble par ses habitants au-delà même des générations présentes.

Cela se traduit en premier lieu par des politiques familiales et des politiques de l'environnement. Cela passe aussi par un financement stable des dépenses publiques, des importations et des retraites, sans faire peser le bien-être d'aujourd'hui sur les épaules des générations futures, ce qui est particulièrement difficile après l'aggravation récente de la dette et la montée prévisible des dépenses de santé, d'éducation et de protection de l'environnement. Cela requiert également la formulation d'un grand projet mobilisateur : projet de défense nationale ou d'alliances internationales, ou d'identité culturelle. Cela exige enfin une protection, *a priori* à contre-courant de la marchandisation du monde, de tout ce qui permet un usage du

183

temps hors des circuits de l'argent : le gratuit, l'affec-
tif, l'art.

En sont particulièrement dépourvus les États-
Unis, dont les déficits sont abyssaux, et le Japon,
dont la population est la plus vieille au monde. En
sont particulièrement nanties la France, l'Inde et
l'Afrique.

• *L'empathie*

Pour survivre, une nation doit être capable de
mesurer et comprendre ce qui peut la menacer. À
cette fin, il lui faut analyser les pensées, les ambitions, les besoins de ses partenaires ; identifier ceux
qui peuvent devenir ses alliés, ceux qui risquent de
se révéler ses ennemis ; savoir en quoi ces derniers
peuvent lui nuire, anticiper leurs actes et leurs réactions.

Elle doit disposer pour cela de *profondeur stratégique*, c'est-à-dire d'une bonne capacité d'intelligence du reste du monde ; en pénétrant les défenses,
en sondant les reins et les cœurs des autres, plus crû-
ment dit les espionner intelligemment, ouvertement,
pour comprendre au mieux comment ils vont se
comporter.

Il lui faut d'abord être en empathie avec ses propres
citoyens, ce qui requiert l'exercice d'une démocratie
aussi directe que possible ; et un très grand souci de
justice sociale et de mobilité des élites.

Elle doit ensuite repérer ses ennemis même là où
nul ne peut penser *a priori* qu'ils peuvent s'embus-
quer ; élaborer une stratégie de défense adaptée à la

184

nature de ces ennemis, en particulier une stratégie d'intelligence qui lui permette de rester constamment en situation d'empathie avec ces adversaires potentiels.

En se mettant de la sorte à la place d'un ennemi éventuel, elle peut en venir à se convaincre qu'il a raison, et même à s'en faire un allié. Tel devrait par exemple être le comportement mutuel des Israéliens et des Palestiniens.

Elle doit enfin en déduire une stratégie d'alliances tenant compte de la nature des menaces qui pèsent sur elle. Là encore, l'*altruisme intéressé*, qui découle de l'empathie, est nécessaire à la survie. Et le soutien aux pays les plus faibles est une garantie face aux menaces à venir.

Aujourd'hui, face à toutes les menaces et aux perspectives que réserve l'avenir, manquent particulièrement d'empathie le Japon, l'Iran, la Grande-Bretagne et les États-Unis, si souvent incapables d'appréhender ce que peuvent penser les autres et de se mettre à leur place. En disposent particulièrement, de par la nature de leur situation et de leur histoire, Israël et la Palestine.

• *Résilience*

L'empathie n'est rien si la nation ne se donne pas les moyens de résister aux menaces qu'elle détecte, soit des menaces générales, indirectes, soit des risques et périls spécifiques à chaque nation. Pour survivre en cas de crise, une nation doit donc pouvoir aussi disposer de redondances, de moyens de tenir plus longtemps. Comme une nation ne peut s'assurer contre les risques de guerre ou de terrorisme – menaces si réelles pour demain –, l'assurance, facteur de résilience décisif pour les personnes privées et les entreprises, lui est en général quasi inutile, hormis pour couvrir des menaces climatiques.

Les premières formes de résilience d'une nation, pour le passé comme pour l'avenir, résident donc dans sa police et son armée. Encore faut-il qu'elles soient adaptées à la nature des menaces : trop de pays conservent une stratégie de défense et une armée conçues pour faire face à des menaces disparues. L'adéquation entre l'empathie et la résilience est donc cruciale. D'où la relative faiblesse de la résilience militaire actuelle des États-Unis et leur difficulté à comprendre la nature de la menace terroriste, entre autres menaces évoquées plus haut.

Toute la nation doit aussi disposer de redondance de ressources, c'est-à-dire garder accès à des réserves d'énergie, de produits agricoles, d'eau et des matières premières nécessaires aux technologies de demain.

Elle doit avoir les moyens de se battre jusqu'au bout, d'utiliser tout ce qu'elle a pour survivre, comme le fit – modèle absolu de résilience – la Grande-Bretagne durant la Seconde Guerre mondiale.

Les États-Unis, le Brésil, la Russie disposent eux aussi, aujourd'hui, de ces redondances dont manquent particulièrement l'Union européenne, la Chine et l'Inde, lesquelles doivent importer les trois quarts de leur énergie.

Parfois, la redondance assouplit l'innovation ; la rareté peut devenir une chance. Pour résister aux attaques, une nation doit être capable de transformer des menaces de pénurie en sources d'innovation. Ainsi firent les Pays-Bas au XVIIe siècle, réagissant au manque de terres agricoles et développant l'industrie des colorants ; la Grande-Bretagne au XVIIIe siècle, confrontée au manque de bois et développant l'usage du charbon de terre et de la machine à vapeur ; le Japon à la fin du XXe siècle, confronté à ses carences en sources d'énergie et développant les industries des télécommunications ; enfin la Corée du Sud au début du XXIe siècle, confrontée au manque de main-d'œuvre et développant l'industrie des robots.

Aujourd'hui, pour faire face aux menaces énoncées jusqu'ici, en particulier à celles liées à la rareté, une nation doit cultiver sa capacité à innover dans les NBIC et rassembler à cette fin les membres de la collectivité nationale dans des programmes d'enseignement, de développement de la créativité et de recherche. Elle doit se montrer capable de *ne pas livrer une bataille plutôt que de risquer de la perdre*, en s'efforçant de faire, si possible, d'un concurrent un « complémenteur ». C'est ainsi qu'en refusant de se battre inutilement au début du XVIIIe siècle, la Grande-Bretagne a assuré son hégémonie, en laissant la France et les princes allemands se disputer le continent.

Disposent particulièrement de créativité les États-Unis, le Japon, la Corée du Sud. En manquent particulièrement la Chine (qui consomme sept fois plus d'énergie par unité produite que le Japon, et cinq fois plus que l'Europe ; et qui ne représente que 1 % des dépenses mondiales en matière d'éducation, pour 20 % de la population) et l'Union européenne (qui manque elle aussi cruellement d'énergie et de matières premières, et qui ne déploie que très peu d'efforts pour s'en passer).

• *L'ubiquité*

Il est à l'évidence difficile d'imaginer ce que peut signifier ce concept pour une nation : *a priori*, elle ne peut en aucun cas devenir autre, ni déménager ; elle peut cependant passer un compromis avec ses adversaires, rester ambiguë, voire, dans certaines circonstances, accepter de changer radicalement d'identité pour survivre.

Certaines nations le firent : l'Espagne avec l'avènement du christianisme, puis de l'islam, puis le retour de l'hégémonie de l'Église romaine ; l'Inde avec l'arrivée des Moghols ; le Japon avec l'ère Meiji, passant un compromis avec la menace occidentale. D'autres se déplacèrent même géographiquement pour survivre, volontairement ou non, comme le peuple juif en Babylonie six siècles avant notre ère. Certaines encore acceptèrent de changer de religion pour survivre et finirent par approuver ce changement – forcé au départ – comme l'Algérie, l'Espagne ou l'Arménie. D'autres le firent tout en conservant leur identité morale ; certaines y perdirent le respect d'elles-mêmes, comme la France en 1940.

L'ubiquité suppose donc d'être ouvert aux cultures et aux pensées des autres, d'être disposé à apprendre d'elles, à remettre en cause la prééminence des siennes ; à la limite, à devenir autrui, au moins partiellement, tout en conservant l'essentiel de son identité.

Si des nations métisses – comme le Brésil ou le Mexique – en témoignent, participant de plusieurs cultures, un seul pays a vraiment encore aujourd'hui une ubiquité absoluc : les États-Unis, sans doute la dernière nation authentiquement nomade de nos jours, en voie de devenir hispanique après avoir été à dominante germanique et anglaise. Le Canada et l'Australie ont les mêmes potentialités.

• *Penser révolutionnaire*

Enfin, en cas de crise gravissime, de menaces crédibles pour leur survie en tant qu'État ou en tant que peuple, langue ou culture, les nations auront à décider d'actions majeures sans respecter les règles du jeu imposées par d'autres : par exemple, en se lançant dans des batailles préventives, en refusant d'observer les règles fixées par une communauté internationale qui pourrait nourrir le dessein de les détruire.

Manquent particulièrement de ces dispositions les Européens ; en sont particulièrement bien pourvus la Chine, la Russie, les États-Unis et Israël.

*

Si l'on réunit l'ensemble de ces critères et des constats qui les accompagnent, les pays les mieux préparés à l'avenir sont sans doute les États-Unis, l'Union européenne et l'Inde.

Les États-Unis disposent en effet de respect d'eux-mêmes, de créativité, de résilience, d'ubiquité. Ils ne dépendent pas des exportations pour leur croissance ; ils constituent la première superpuissance agricole, industrielle, technologique, énergétique ; ils sont encore un attracteur de capitaux et d'intelligence. Aucune autre nation n'est encore en état de rivaliser avec eux. Leurs principales lacunes concernent la valeur du temps et l'empathie. Une certaine forme d'austérité, socialement légitime, mêlant capitalisme d'État et social-démocratie, pourrait y remédier.

L'Europe pourrait, elle aussi, être bien placée si elle réussissait à acquérir le respect de soi, l'empathie, la résilience et la créativité qui lui manquent. Il lui faudrait en particulier orienter son industrie vers les secteurs de long terme, en augmentant significativement les statuts et les rémunérations des chercheurs, professeurs, médecins, ingénieurs, et de tous ceux qui, par leur créativité, lui apportent de la valeur (et ce, au détriment des revenus et privilèges de ceux qui la dirigent, la financent ou la distraient), et en suscitant de nouveaux modèles d'entreprises plus soucieuses du long terme, plus proches des ONG et des services publics.

Enfin, l'Inde dispose d'intensité, d'ubiquité, de résilience. Elle constitue un potentiel de mobilité et de savoir unique au monde, avec une population plus vaste qu'aucune autre. Il lui faudra réduire en son sein les inégalités et moderniser sa gouvernance.

II. L'AVENIR DES GRANDES VILLES

Par le passé, les principales cités-États – des ports, pour la plupart – étaient mieux préparées à survivre que les grandes nations enlisées dans la ruralité ; elles disposaient des sept qualités dont il est question ici et étaient mieux capables de se doter d'une élite, d'une technologie, d'un financement au service de ces sept principes.

Elles ont décliné chacune à leur tour, on l'a vu, quand elles ont dû augmenter massivement leurs impôts pour assurer leur sécurité et leur niveau de vie, puis réduire leurs services (sécurité, santé, école), ce qui a conduit au départ de leurs élites et a précipité leur chute. Elles ont dû alors, pour gagner en résilience, fusionner avec de vastes arrière-pays.

Pour juger de l'avenir des principales villes d'aujourd'hui, il convient de discerner en quoi chacune d'elles possède les atouts liés à chacun des sept principes :

Les villes *montrant le plus de respect d'elles-mêmes*, ayant et cultivant une raison d'être, se signalent par leur tenue matérielle, leur attitude à l'égard des habitants, des touristes, de l'environnement. Parmi elles : Singapour, Paris, Londres, Tokyo, Stockholm.

Les villes *accordant de l'importance au temps* réfléchissent à leur avenir, mais vibrent quotidiennement d'une vie intense ; cela se voit au regard porté sur leur architecture : ainsi Londres, Paris, Hong Kong ou Shanghai.

Les villes *les plus résilientes* sont les capitales d'États nationaux puissants (ainsi Washington, Paris, Pékin et Tokyo), qui pâtiront moins que celles qui dépendent beaucoup de la finance et des médias (comme New York, Londres, Francfort, Singapour, Shanghai).

Les villes *en empathie* sont capables de comprendre les autres, d'organiser des alliances avec d'autres au-delà des frontières des nations qui les contiennent. Leur population est en général très métissée. Parmi elles, Londres, Bruxelles et Singapour.

Les villes *en créativité* sauront tirer profit des problèmes d'environnement pour devenir des écopolis (comme Pittsburgh aux États-Unis, New Song Do City en Corée, Dong Tan en Chine, Totnes au Royaume-Uni) ; on y verra des immeubles durables, des murs producteurs d'énergie, des plastiques autoréparateurs, des vitres autonettoyantes, des jardins verticaux, des forêts captant le CO_2...

Les villes *en ubiquité* auront accepté de changer radicalement en fonction de l'époque (Shanghai en fournit un exemple extrême).

Les villes *en révolution* seront capables d'une rupture complète, y compris avec leur localisation (comme Rotterdam, ou Shanghai avec Pudong).

Au total, les villes et nations du futur, lieux de vie de l'essentiel de l'humanité, tendront à devenir des hôtels pour voyageurs, quelle que soit la durée de leur séjour, protégeant leur repos, organisant la rencontre, la convivialité. Nul n'en sera plus propriétaire, nul n'y sera plus étranger.

CHAPITRE 7

Survivre ensemble – l'humanité

Même si chacun d'entre nous emploie au mieux ses propres stratégies de survie, même si les entreprises connaissent une existence séculaire, même si chaque nation réagit au mieux contre les périls qui la visent, l'humanité reste elle aussi menacée de disparition. Pis : la survie individuelle rend plus difficile la survie collective quand elle se traduit par un comportement fait de gaspillage et d'égoïsme.

Pour que l'humanité survive, écarte les menaces qui s'accumulent sur sa tête, surmonte les crises qui s'annoncent, et bénéficie au mieux des formidables potentialités qui s'ouvrent à elle, elle doit d'abord prendre une claire conscience de sa raison d'être et de ce qui peut la détruire. Or c'est encore loin d'être le cas.

I. LES MENACES

Chacun des humains, on l'a vu, a rarement conscience des dangers qui le visent personnellement ; plus rarement encore a-t-il une vision lucide de ceux qui peuvent affecter ses proches, sa famille, son entreprise, sa ville, son pays. Beaucoup plus rares encore sont ceux des humains qui ont une pleine mesure des dangers encourus par l'humanité, par la vie même, par la planète dans son ensemble. Rares sont ceux qui comprennent l'importance d'avoir des alliés, d'être empathique, altruiste pour survivre.

La vie a pourtant pratiquement disparu à sept reprises de la surface de la planète Terre, et nous sommes menacés aujourd'hui qu'elle disparaisse une huitième fois. Durant les 650 derniers millions d'années, en effet, ont eu lieu sept événements majeurs au cours desquels plus de la moitié des espèces vivantes ont disparu, et seule leur grande diversité – leur résilience – a permis à une fraction d'entre elles de résister et à la vie de repartir.

La première catastrophe fut l'*extinction précambrienne*, il y a 650 millions d'années, quand une ère glaciaire très sévère entraîna la disparition de 70 % de la flore et de la faune ; la deuxième fut l'*extinction vendienne*, il y a 545 millions d'années, aux causes énigmatiques ; la troisième fut l'*extinction cambrienne*, entre – 543 et – 510 millions d'années, causée par une glaciation et un refroidissement des océans, accompagnés d'un déficit d'oxygène dans l'eau, provoquant la disparition des trilobites, des brachiopodes et des conodontes ; la quatrième fut l'*extinction ordovicienne*, il y a 440 à 450 millions d'années, quand une nouvelle glaciation fit baisser le niveau de la mer et disparaître plus d'une centaine de familles d'invertébrés marins ; la cinquième fut l'*extinction dévonienne*, il y a 370 millions d'années, quand l'impact d'un météore entraîna une glaciation et la disparition de la faune marine, avec relativement peu de répercussions sur la flore terrestre ; la sixième fut l'*extinction permienne*, il y a 248 millions d'années, quand d'énormes éruptions basaltiques en Sibérie, qui durèrent mille ans, élevèrent les températures de 15 degrés, provoquant un dégagement massif de méthane issu des plaques sous-marines, lequel provoqua à son tour un échauffement de 15 degrés supplémentaires, faisant disparaître de 90 à 95 % de toutes les espèces marines, avec, parmi les rares survivants, le *Lystrosaurus*, ancêtre de tous les mammifères, et donc de l'espèce humaine ; enfin, la septième fut l'*extinction de la fin du crétacé*, il y a 65 millions d'années, quand l'impact d'un météore dans le Yucatán, fit disparaître 85 % de toutes les espèces, dont les dinosaures, mais laissa survivre la plupart des mammifères de faible taille, des oiseaux, des tortues, des amphibiens ; les récifs coralliens, qui disparurent alors, mirent plus de dix millions d'années à se reconstituer.

Certaines de ces extinctions démontrent que de faibles changements dans les niveaux du dioxyde de carbone atmosphérique peuvent suffire à déclencher une extinction de presque toutes les espèces.

Depuis lors, si des fléaux, des agressions et les crises qui en ont découlé ont mis fin à la vie de masses d'êtres humains, d'entreprises, de peuples entiers, l'espèce humaine en tant que telle, surgie il y a plus de trente milliers d'années au moins, a su traverser son histoire nomade, vacillante flamme perdurant en plusieurs lieux, survivant à maintes tragédies, depuis les grandes périodes de glaciation d'il y a 30 000 ans, les famines de l'Antiquité jusqu'à la Grande Peste du XIVe siècle, les famines des XVIIIe et XIXe siècles, les guerres mondiales, la Grande Crise et les génocides du XXe siècle.

Aujourd'hui, l'humanité se trouve à nouveau menacée dans son existence même par les désordres écologiques et climatiques, les drogues, les pandémies, les manipulations génétiques et les armements, dont il a été question dans les deux premiers chapitres. Elle s'asphyxie par sa propre pollution, par le poids de son nombre, par la désertification qu'elle provoque, par l'épuisement rapide de ressources accumulées pendant des millions d'années, par la destruction de la biodiversité, des terres agricoles, des océans et, en particulier, on l'a vu, celle des barrières de corail.

Plus généralement, au-delà de l'espèce humaine, la vie est menacée, on l'a dit, par la réduction puis par la disparition de la diversité biologique, notamment par la destruction de la faune marine et la pollution de l'air, même s'il existe des bactéries résistantes aux irradiations extrêmes.

La planète, quant à elle, est menacée par les astéroïdes qui risquent de venir la percuter. On sait que, de toute façon, elle s'éteindra un jour avec le Soleil.

II. LES PRINCIPES DE SURVIE

Pour s'épargner une fin qu'elle pourrait trouver prématurée, il faudra que l'humanité prenne conscience d'elle-même ; et, tâche plus ardue encore, qu'elle se dote d'institutions lui permettant de réagir efficacement face à ces menaces. Ces institutions devront être bien plus qu'une coalition de nations partageant la charge des enjeux et mettant en œuvre des stratégies bien plus ambitieuses que celles dont débattent aujourd'hui – souvent en vain – le G8, le G20, le Conseil de sécurité, entre autres instances.

Ces stratégies, d'une extrême urgence, devront s'organiser autour des sept mêmes principes :

• *Le respect de soi*

N'ayant pas vraiment conscience d'elle-même, n'ayant pas à ses propres yeux de claire raison d'être, l'humanité n'a donc pas de respect de soi. Or cela lui est d'autant plus nécessaire qu'elle est son pire ennemi : c'est par elle-même, en effet, qu'elle pourrait le plus aisément être détruite dans une sorte de suicide inconscient.

Aussi une première bataille doit-elle avoir pour objectif la prise de conscience par l'humanité des dangers qui pèsent sur son existence. Cette bataille n'a rien à voir avec celle des droits de l'individu, dont la défense vise à contribuer au respect de chaque personne humaine par ses semblables : les droits de l'humanité n'ont rien à voir avec le respect planétaire des droits de l'homme.

La raison d'être de l'humanité reste un mystère philosophique absolu : contrairement à ce que l'on peut dire d'une personne, d'une entreprise, d'une nation, nul ne saurait affirmer que quelqu'un (ou quelques-uns) un jour, a (ont) voulu que l'humanité existe. Ni qu'elle ait une raison d'exister. Ni même le droit d'exister. Pour certains, il s'agit purement et simplement pour elle de survivre sans se poser de questions sur sa finalité. Pour d'autres, de parachever ou protéger l'œuvre du divin ; pour d'autres encore, de coloniser l'univers. En toute hypothèse, ce droit doit être considéré comme absolu, puisqu'il est au fondement de tous les autres.

Le respect de l'humanité par elle-même exige d'abord qu'elle ait une idée claire de ce qu'elle est et de ses droits. Or, nombre d'humains ne se reconnaissent aucune communauté, aucune fraternité avec des peuples à la langue ou à la culture éloignées des leurs. Et encore moins avec l'ensemble de l'humanité.

Celle-ci est pourtant assez nettement définie comme l'ensemble des êtres humains passés, présents et à venir. Dans la mesure où il n'existe plus, depuis 30 000 ans, qu'une seule espèce humaine, la définition n'en est pas difficile : d'aucuns la nomment *Homo sapiens sapiens* ; d'autres, *race humaine*.

Il convient ensuite de définir et faire respecter les droits de cette *espèce* humaine. Certains considéreront que ces droits ne sauraient se distinguer des droits des autres espèces vivantes : s'il est interdit à l'homme de tuer des humains, peut-on l'autoriser à tuer certaines autres formes de vie ? Dans quelles limites ? Doit-il en particulier s'interdire de faire disparaître toute autre espèce vivante ?

Pour d'autres, l'humanité a des droits spécifiques. Dans tous les cas, elle se doit de vouloir survivre.

Pour survivre, son premier devoir est de ne point se haïr, d'attacher de l'importance à sa propre pérennité, de se considérer comme précieuse à ses propres yeux.

Parmi les textes juridiques, aucun n'organise ce droit. Très peu mentionnent même l'existence de l'*espèce humaine* en tant que telle ; en général, ils ne le font qu'en incidente, dans leur préambule, pour organiser, en fait, la protection d'un droit reconnu à chaque personne humaine. Ainsi, l'alinéa 5 du préambule de la Déclaration sur la race et les préjugés raciaux, adoptée le 27 novembre 1978 à la 20e session de la Conférence générale de l'Unesco, déclare : « Persuadée que l'unité intrinsèque de l'espèce humaine et, par conséquent, l'égalité foncière de tous les êtres humains et de tous les peuples, reconnues par les expressions les plus élevées de la philosophie, de la morale et de la religion, reflètent un idéal vers lequel convergent aujourd'hui l'éthique et la science... » Il ne s'agit pas ici de protéger l'espèce humaine, mais de proclamer l'égalité en droits de chacun de ses membres. De même, la Convention pour la protection des droits de l'homme et de la dignité de l'être humain à l'égard des applications de la biologie et de la médecine, élaborée au sein du Conseil de l'Europe et signée le 4 avril 1997, fait elle aussi référence à l'« espèce humaine » dans l'alinéa 10 de son préambule, mais, là encore, ce texte ne vise qu'à organiser la protection de chaque personne : « Convaincus de la nécessité de respecter l'être humain à la fois comme individu et dans son appartenance à l'espèce humaine, et reconnaissant l'importance d'assurer sa dignité… » Pis encore, l'article 13 de la convention de l'Unesco intitulée Interventions sur le génome humain (au chapitre IV relatif à celui-ci), stipule : « Une intervention ayant pour objet de modifier le génome humain ne peut être entreprise que pour des raisons préventives, diagnostiques ou thérapeutiques, et seulement si elle n'a pas pour but d'introduire une modification dans le génome de la descendance… » Autrement dit, selon ce texte, une modification du génome de la descendance serait licite si elle pouvait se révéler bénéfique à celui dont le génome est modifié ! Négation même de la nécessaire intégrité des générations futures…

Le droit français, comme certains autres, dont l'allemand, est plus protecteur de l'espèce : selon la loi du 29 juillet 1994 relative au corps humain, devenue l'article 16-4, 1er alinéa du Code civil, « nul ne peut porter atteinte à l'intégrité de l'espèce humaine » – ce que viennent compléter d'autres textes interdisant plus spécifiquement l'eugénisme, le clonage reproductif, les crimes contre l'humanité.

Le respect de soi propre à l'humanité entière implique l'altruisme de chacun de ses membres, conscient de l'intérêt de tous les autres, vivants, passés ou à venir.

L'humanité doit aussi montrer de l'empathie pour la survie des autres espèces, nécessaire à sa propre survie. Ce respect doit pouvoir entraîner pour elle l'obligation de respecter toutes les formes de la vie et d'en combattre la violation par des individus, des entreprises ou des nations si ce non-respect peut avoir des conséquences sur le sort de l'humanité entière. Il conduira à élaborer et à faire entrer en vigueur une « Charte des droits et devoirs de l'espèce humaine et de la vie », assortie des moyens de surveillance et de sanction nécessaires. On en est évidemment fort loin.

• *Le plein usage du temps*

L'humanité doit prendre conscience de l'importance de ce qui peut la menacer à très long terme, et se préparer à l'affronter. À cette fin, elle doit commencer par connaître son passé, les épreuves auxquelles elle a survécu au long de ses millénaires d'existence. Elle doit ensuite, en se trouvant une raison d'être, se doter d'un projet à long terme décrivant ce qu'elle sera dans un siècle au moins dans toutes ses dimensions démographiques, économiques et écologiques. Et, davantage encore, se donner un projet visant à réaliser sa raison d'être dans l'univers : vivre, coloniser l'univers, devenir pur esprit, une noosphère.

• *L'empathie*

De récentes études montrent que, lors des sept extinctions précédentes, des signaux d'alarme – comme la baisse du nombre de communautés végétales, voire de plantes individuelles – ont averti du déclin des écosystèmes bien avant que les espèces ne commencent à disparaître. Autrement dit, chaque extinction était prévisible pour qui aurait su mener une analyse du comportement des autres formes de vie.

L'humanité doit donc aujourd'hui organiser une veille permanente visant à connaître et comprendre les autres espèces vivantes pour en faire parfois des alliées et pour identifier les menaces susceptibles de la détruire. Là encore, l'*altruisme intéressé* (ici, à l'égard de la nature) est une condition de survie.

Pour être en empathie avec son environnement, en particulier avec toutes les manifestations de vie, elle doit réunir l'ensemble des compétences existantes, en particulier utiliser les techniques de synthèse des expertises mises au point par le GIEC, organisme mondial d'un type très particulier qui agrège en permanence les points de vue de très nombreux spécialistes du climat. Elle doit se doter, selon des procédures du même genre, de techniques d'analyse de toutes les crises qui peuvent la menacer, disposer de tableaux de bord et d'indicateurs d'alerte en toute transparence.

• *La résilience*

Il y a quelques centaines de milliers d'années, quand elle était encore multiple, éclatée, et renaissait sans cesse sous différentes formes en divers lieux de la planète, notre espèce avait une résilience considérable. Elle l'a très largement perdue en devenant unique sous le nom d'*Homo sapiens sapiens*. Depuis lors, elle se doit de vérifier si, en perdant ce qui lui reste de sa diversité ethnique et culturelle, en laissant disparaître les différences entre les groupes qui la constituent, elle ne perd pas les ultimes protections la prémunissant contre une disparition globale.

Elle doit aussi s'assurer contre les menaces qui pourraient la détruire ou l'endommager gravement. Elle doit élaborer des plans d'action en cas de crise prévisible, et des plans d'alerte en cas de crise imprévisible. Elle doit en particulier définir des *biens publics mondiaux* dont la résilience est absolument essentielle à sa survie, tels l'air, l'eau, l'énergie, les sols arables. Elle doit donc les sanctuariser, et, si cela devient nécessaire, les exclure de la loi du marché pour les mettre au service de l'humanité.

• *La créativité*

L'humanité doit pouvoir transformer en opportunités les menaces planant contre son existence. Elle doit réfléchir par exemple dès maintenant à de nouvelles façons de boire et de se nourrir, de respirer et de vivre dans l'espace, sous l'eau, à des températures extrêmes. Elle doit aussi, par la géo-ingénierie, contrecarrer le changement climatique d'origine anthropique : soit en capturant le CO_2 par la reforestation, soit en déviant une fraction du rayonnement solaire par l'augmentation de la réflectivité de la surface de la Terre. De cela, presque personne aujourd'hui ne s'occupe ; presque personne n'ayant encore conscience de ces menaces ni la capacité d'y puiser des forces et des moyens de recherches en vue d'un saut aussi considérable.

• *Ubiquité*

Pour préserver l'essentiel de ce qu'elle est, l'humanité pourrait commencer à réfléchir à des stratégies plus audacieuses encore, comme migrer dans l'espace vers une autre planète, et même « sur-vivre » en se transformant génétiquement pour devenir capable d'affronter des conditions de vie radicalement différentes. Devenir un autre, une chimère, pour survivre, en protégeant l'identité de la conscience qui est sans nul doute le propre de l'homme.

• *Penser la révolution*

Rien de tout cela ne sera possible sans une véritable révolution dans la gouvernance du chaos du monde : même s'il n'existe aucune bastille planétaire à prendre, et avant même d'évoquer un très utopique gouvernement mondial, sans doute faudrait-il parler à tout le moins d'États généraux planétaires qui, pour se préparer d'urgence à affronter toutes ces crises et menaces, se substitueraient aux gouvernements afin de réfléchir à la mise en œuvre globale de ces principes.

Les travaux de ces États généraux déboucheraient sur la rédaction d'une *Charte des droits et devoirs de l'espèce humaine*, et sur la création d'une institution planétaire chargée de leur mise en œuvre. Elle aurait la charge de protéger les *biens publics mondiaux* par une police mondiale, de mettre en place une monnaie mondiale, un système public de distribution du crédit, de réguler les marchés financiers, de contenir les trafics d'armes, de sexe et de drogue.

La révolution qu'implique cette phase, si lointaine qu'elle soit, s'annonce déjà à l'horizon. Pour devenir réalité, il lui faudra une prise de conscience de l'actuelle marche au suicide de l'humanité, et de la levée d'une armée d'insoumis.

Comme l'écrivait André Gide dans son Journal juste avant la Seconde Guerre mondiale : « Le monde ne sera sauvé, s'il peut l'être, que par des insoumis. Sans eux, c'en est fait de notre civilisation, de notre culture, de ce que nous aimions et qui donnait à notre présence sur terre une justification secrète. Ils sont, ces insoumis, le "sel de la terre" et les responsables de Dieu. »

REMERCIEMENTS

Mes remerciements vont à Léo Apotheker, Fabienne Attali, Bernard Attali, Xavier Bertrand, Vincent Champain, Murielle Clairet, Daniel Cohen, Rachida Derouiche, Claude Durand, Julien Durand, Mercedes Erra, Stephane Fouks, Paul Jorion, Driss Lamrani, Emmanuel Macron, Christophe de Margerie, Gilles Michel, Pierre Henri Salfati, Luc Francois Salvador, Léa Schwartz, Marc Vasseur, Pascale Weil qui, chacun à leur façon, avec beaucoup de générosité et de compétence, m'ont aidé sur un point ou un autre de ma réflexion.

Naturellement, toute erreur est mienne et je serai heureux de poursuivre le dialogue avec mes lecteurs, qui peuvent m'écrire à **j@attali.com**

Jacques Attali
dans Le Livre de Poche

Amours   n° 31700

Depuis que l'humanité s'est formée, la relation homme-
femme s'est ritualisée, s'organisant d'abord pour assurer la
survie du couple, évoluant ensuite vers une affirmation du
désir libre des partenaires, loin de toute finalité de reproduc-
tion. Tous les modes de relations ont été éprouvés, par-delà
les époques et les pays ; les technologies actuelles ouvrent
de nouvelles perspectives...

Blaise Pascal ou le génie français   n° 15348

En moins de quatre décennies, Pascal fit don à la France
d'une de ses plus grandes œuvres philosophiques et litté-
raires, bouleversa les données des mathématiques et de la
physique, forgea avec ses *Provinciales* le modèle de la litté-
rature de combat, et brisa les cadres de la théologie pour proposer à chacun des questionnements aussi troublants que
féconds. Il sut, dans une langue incomparable, tout dire de
la condition humaine, de sa liberté et de sa finitude.

C'était François Mitterrand   n° 30878

Jacques Attali fut, pendant près de vingt ans, conseiller de
François Mitterrand. Il nous propose des réponses à des

questions obsédantes : le président a-t-il trahi les aspirations de ceux qui l'avaient élu ? S'est-il comporté en monarque ? Sa vie privée a-t-elle influé sur son action politique ? Était-il croyant ? A-t-il menti sur son passé ? sur sa maladie ?

La Confrérie des Éveillés n° 30542

Au XIIe siècle, à Cordoue, avant d'être pendu, un artisan juif eut le temps de révéler à son neveu comment obtenir le livre « le plus important à avoir jamais été écrit par un être humain ». Lancé dans cette quête, Maïmonide croise un jeune musulman, Averroès. L'un et l'autre sont poursuivis par un groupe mystérieux décidé à tout faire pour les empêcher d'aboutir : la Confrérie des Éveillés.

La Crise, et après ? n° 31454

Comment en est-on arrivé là ? Le monde semblait aller très bien, la croissance économique était rapide et tout annonçait qu'elle allait se poursuivre. L'objet de ce livre est d'expliquer, aussi simplement que possible, ce mystère, pour le résoudre et pour éviter que la crise ne dérape en catastrophe politique mondiale.

Europe(s) n° 15199

Il n'y a pas d'Europe. Il y a des Europes et un esprit européen qui a semé dans le monde entier ses langues, ses idées, ses hommes. Que sera demain l'Europe ? Attali plaide pour une Europe ambitieuse, intégrant la Russie et la Turquie, approfondissant la démocratie, capable d'être demain le continent des intelligences et de la diversité.

nouveau. Aujourd'hui, l'hégémonie du dernier empire sédentaire, les États-Unis, s'achève et commence une formidable lutte entre les trois forces nomades qui aspirent à le remplacer : le marché, la démocratie, la foi ; cet affrontement bouleverse les enjeux éthiques, culturels, militaires et politiques de notre temps.

Les Juifs, le monde et l'argent n° 15580

Les rapports du peuple juif avec le monde et l'argent, un sujet qui a déclenché nombre de polémiques, entraîné tant de massacres qu'il est devenu comme un tabou à n'évoquer sous aucun prétexte, de peur de réveiller quelque catastrophe immémoriale. Pourtant, il est d'une importance capitale de comprendre comment l'inventeur du monothéisme s'est trouvé en situation de fonder l'éthique du capitalisme, avant d'en devenir, par certains de ses fils, le premier banquier, et par d'autres, le plus implacable de ses ennemis.

Karl Marx ou l'esprit du monde n° 30781

Pour comprendre pourquoi, aujourd'hui, Karl Marx redevient d'une extrême actualité.

Lignes d'horizon n° 9535

La dislocation du bloc de l'Est, la construction européenne, le défi écologique, les relations Nord-Sud, l'émergence de nouvelles puissances économiques, les évolutions de la technologie et de la consommation : autant de perspectives multiples, contradictoires, parfois menaçantes, qu'ouvre l'actualité.

Nouv'Elles   n° 30210

Pourquoi une actrice a-t-elle été enlevée à Rome au milieu
d'un tournage ? Comment un présentateur de journal télévisé
français s'est-il fait piéger par une séductrice masquée ? Qui
a vraiment écrit *Nouv'Elles*, ce roman sulfureux qui dénonce
les crimes de puissants personnages ?... En douze séquences
qui composent une suite romanesque, douze portraits de
femmes, douze énigmes autour de couples unis par un
terrible secret.

Le Premier Jour après moi   n° 7378

« Je ne me suis pas réveillé ce matin. Je suis mort. Ainsi
commence le premier jour après moi... »
Ce premier jour qui nous inquiète tous, Julien Clavier, cinquante ans, a le privilège d'en être le témoin. Privilège ou
disgrâce ? Et le récit fantastique tourne au roman policier.

Une brève histoire de l'avenir   n° 30985

Jacques Attali raconte ici l'incroyable histoire des cinquante
prochaines années telles qu'on peut les imaginer à partir de
ce que l'on sait aujourd'hui de l'histoire et de la science.

La Vie éternelle, roman   n° 6866

Sur une planète lointaine jadis colonisée par la Terre, un
peuple coupé de ses racines revit la vieille histoire de
l'humanité : la lutte pour le pouvoir, l'amour, la persécution
des minorités, et surtout la recherche du sens de la Création,
à travers l'aventure de la jeune Golischa et l'énigme d'un
texte cabaliste ouvrant l'accès à la vie éternelle.

La Voie humaine.   n° 30664
Pour une nouvelle social-démocratie

La gauche a-t-elle encore quelque chose à dire, ou bien n'est-elle plus, comme la droite, qu'une simple machine à choisir des candidats et à gagner des élections. Jacques Attali propose ici de repenser la social-démocratie et avance des solutions nouvelles, originales, détaillées pour redonner à la politique sa raison d'être, pour tirer le meilleur du monde, du temps et de la vie.

Du même auteur :

Essais

ANALYSE ÉCONOMIQUE DE LA VIE POLITIQUE, PUF, 1973.
MODÈLES POLITIQUES, PUF, 1974.
L'ANTI-ÉCONOMIQUE (avec Marc Guillaume), PUF, 1975.
LA PAROLE ET L'OUTIL, PUF, 1976.
BRUITS. ÉCONOMIE POLITIQUE DE LA MUSIQUE, PUF, 1977, nouvelle édition, Fayard, 2000.
LA NOUVELLE ÉCONOMIE FRANÇAISE, Flammarion, 1978.
L'ORDRE CANNIBALE. HISTOIRE DE LA MÉDECINE, Grasset, 1979.
LES TROIS MONDES, Fayard, 1981.
HISTOIRES DU TEMPS, Fayard, 1982.
LA FIGURE DE FRASER, Fayard, 1984.
AU PROPRE ET AU FIGURÉ. HISTOIRE DE LA PROPRIÉTÉ, Fayard, 1988.
LIGNES D'HORIZON, Fayard, 1990.
1492, Fayard, 1991.
ÉCONOMIE DE L'APOCALYPSE, Fayard, 1994.
CHEMINS DE SAGESSE : TRAITÉ DU LABYRINTHE, Fayard, 1996.
FRATERNITÉS, Fayard, 1999.
LA VOIE HUMAINE, Fayard, 2000.
LES JUIFS, LE MONDE ET L'ARGENT, Fayard, 2002.
L'HOMME NOMADE, Fayard, 2003.

FOI ET RAISON. AVERROÈS, MAÏMONIDE, THOMAS D'AQUIN, Bibliothèque nationale de France, 2004.

UNE BRÈVE HISTOIRE DE L'AVENIR, Fayard, 2006, nouvelle édition 2009.

LE SENS DES CHOSES, avec Stéphanie Bonvicini et 32 auteurs, Laffont, 2009.

LA CRISE, ET APRÈS ?, Fayard, 2008, nouvelle édition 2009.

Dictionnaires

DICTIONNAIRE DU XXIe SIÈCLE, Fayard, 1998.

DICTIONNAIRE AMOUREUX DU JUDAÏSME, Plon/Fayard, 2009.

Romans

LA VIE ÉTERNELLE, ROMAN, Fayard, 1989.

LE PREMIER JOUR APRÈS MOI, Fayard, 1990.

IL VIENDRA, Fayard, 1994.

AU-DELÀ DE NULLE PART, Fayard, 1997.

LA FEMME DU MENTEUR, Fayard, 1999.

NOUV'ELLES, Fayard, 2002.

LA CONFRÉRIE DES ÉVEILLÉS, Fayard, 2004.

Biographies

SIEGMUND WARBURG, UN HOMME D'INFLUENCE, Fayard, 1985.

BLAISE PASCAL OU LE GÉNIE FRANÇAIS, Fayard, 2000.

KARL MARX OU L'ESPRIT DU MONDE, Fayard, 2005.

GÂNDHÎ OU L'ÉVEIL DES HUMILIÉS, Fayard, 2007.

Théâtre

LES PORTES DU CIEL, Fayard, 1999.

DU CRISTAL À LA FUMÉE, Fayard, 2008.

Contes pour enfants

MANUEL, L'ENFANT-RÊVE (illustré par Philippe Druillet),
   Stock, 1995.

Mémoires

VERBATIM I, Fayard, 1993.
EUROPE(S), Fayard, 1994.
VERBATIM II, Fayard, 1995.
VERBATIM III, Fayard, 1995.
C'ÉTAIT FRANÇOIS MITTERRAND, Fayard, 2005.

Rapports

POUR UN MODÈLE EUROPÉEN D'ENSEIGNEMENT SUPÉRIEUR,
   Stock, 1998.
L'AVENIR DU TRAVAIL, Fayard/Institut Manpower, 2007.
300 DÉCISIONS POUR CHANGER LA FRANCE, rapport de la
   Commission pour la libération de la croissance française,
   XO, 2008.

Beaux livres

MÉMOIRE DE SABLIERS, COLLECTIONS, MODE D'EMPLOI,
   éditions de l'Amateur, 1997.
AMOURS. HISTOIRES DES RELATIONS ENTRE LES HOMMES
   ET LES FEMMES, avec Stéphanie Bonvicini, Fayard, 2007.

 **www.livredepoche.com**

- le **catalogue** en ligne et les dernières parutions
- des **suggestions de lecture** par des libraires
- une **actualité éditoriale permanente** : interviews d'auteurs, extraits audio et vidéo, dépêches…
- **votre carnet de lecture** personnalisable
- des **espaces professionnels** dédiés aux journalistes, aux enseignants et aux documentalistes

Composition réalisée par NORD COMPO

Achevé d'imprimer en avril 2010 en Espagne par
LITOGRAFIA ROSÉS S.A.
08850 Gavá
Dépôt légal 1re publication : mai 2010
LIBRAIRIE GÉNÉRALE FRANÇAISE – 31, rue de Fleurus – 75278 Paris Cedex 06

31/5671/8